DOCTRINES

RELIGIEUSES ET SOCIALES.

DOCTRINES

RELIGIEUSES

ET

SOCIALES

Par l'abbé Constant.

PARIS

AUG. LE GALLOIS, ÉDITEUR.

EN VENTE

CHEZ PILOUT, RUE DE LA MONNAIE, 22.

1841

SOPHALINE

PARIS

AUG. LE GALLOIS, ÉDITEUR

EN VENTE

CHEZ PILOUT, RUE DE LA BANQUE

1831

La Bible de la Liberté a eu le sort de ous les livres écrits en style prophétique et figuré ; elle a prêté à des interprétations diverses, dont quelques-unes sont loin de la pensée de l'auteur.

Ce livre a été mal compris d'abord par le pouvoir, puisqu'il a été condamné ; et cependant, comme on le sait d'ailleurs, devant les représentants du pouvoir j'ai renoncé à le défendre. Était-ce de ma part défiance de leurs lumières ou de leur bonne foi, ou mépris de leur autorité ? Ni l'une ni l'autre de ces choses. Mais, dans une société qui repose tout entière sur des bases que mes doctrines semblent ébranler, je ne puis espérer que mes doctrines passent sans contradiction : cependant, si je réprouve la violence brutale, si c'est par l'intelligence et l'amour que je veux faire triompher mes pensées, la société actuelle elle-même pourra-t-elle les condamner ?

Ce n'est donc pas contre la condamnation que je viens protester; mais je veux discuter paisiblement et de sang-froid, devant l'opinion publique, les raisons de son jugement. Je ne viens plus enseigner, je raisonne. Si mon raisonnement est mauvais, qu'on me le prouve; s'il est bon, qu'on en profite. Mais, dans aucun cas et d'aucune manière, on n'aura plus ici le droit de m'accuser.

J'ai foi dans les doctrines que j'ai enseignées : c'est dire simplement que je ne suis ni un fou ni un malhonnête homme. Mais je suis fâché que de mauvaises interprétations de ma pensée puissent abuser et égarer mes frères que j'ai voulu instruire et diriger. J'expliquerai donc simplement et sans figures ce que j'ai voulu dire, afin qu'on me suive si j'ai raison et qu'on me remette dans le droit chemin si j'ai tort.

CHAPITRE PREMIER.

Des Doctrines contenues dans *la Bible de la Liberté*.

J'ai intitulé mon livre *la Bible de la Liberté*, parce qu'il contient une interprétation toute libérale des doctrines et des figures de la Bible.

Il est composé de quarante chapitres qui n'ont entre eux qu'une connexion peu apparente ; c'est, si j'ose ainsi m'exprimer, une ode dont les strophes se suivent au gré de l'inspiration du poëte : mais une pensée que je crois philosophique et vraie cherche à se produire sous toutes les formes différentes qu'elle revêt successivement, et enchaîne étroitement ensemble toutes ces idées, qui, au premier abord, ont pu sembler étranges et disparates à quelques-uns.

Comme tout enseignement religieux, *la Bible de la Liberté* se compose de deux parties distinctes, le dogme et la morale, les principes et leur application, la spéculation et la pratique. Je cherche à résoudre les grands problèmes sur lesquels pivotent naturellement et la religion, et la société, qui n'est que l'expression du sentiment religieux. Je définis Dieu, l'homme, la femme, le bien, le mal, la foi, la révélation, la piété, etc., et sur ces définitions j'établis des devoirs. Je discute la grande question de la propriété, ou plutôt je la tranche. J'absous l'ange rebelle pour justifier la liberté, et dans la chute généreuse d'Adam je trouve la cause du salut du monde. J'ose croire que j'ai touché à d'importantes questions et que j'ai remué de grandes choses. Mais, afin qu'on ne me prenne pas pour un Érostrate qui veut se faire une auréole de l'incendie d'un temple, je veux prouver ce que j'avance, et, si j'ose me proposer pour détruire le temple de Dieu, c'est que j'ai reconnu au Christ, mon Maître, le pouvoir et la certitude de le rebâtir en trois jours.

CHAPITRE II.

De l'idée de Dieu.

Établissons d'abord en principe que de l'idée de Dieu se déduit nécessairement la notion du pouvoir, et que tout gouvernement humain n'acquiert d'autorité dans la conviction des peuples que d'après les idées religieuses que ces peuples se sont faites de la Providence qui régit l'univers. Si l'on croit en un Dieu distinct et séparé du monde, qui gouverne arbitrairement toutes choses selon des lois inexplicables aux hommes et intelligibles à lui seul, on doit croire au despotisme absolu des hommes qui représentent Dieu à la terre. L'obéissance aveugle que l'on doit à Dieu doit s'étendre jusqu'à ses images vivantes. Toute loi est une règle de fer qu'il serait criminel d'examiner et sous laquelle il faut fléchir. Toute idée de progrès est un commencement de révolte, et tout ce que nous devons aux révolutions doit être regardé comme le fruit amer de l'arbre de la science du bien et du mal qui empoisonne les nations et qui les livre à jamais aux morsures et aux déceptions du serpent infernal.

Admettez au contraire un ieuD inhérent au monde qu'il anime de sa vie et qui donne pour loi à tous les êtres son intelligence et son amour, loi essentielle comme l'être même du législateur, loi nécessaire à lui-même, puisqu'il ne peut exister sans être bon et que sa loi n'est autre chose que la manifestation et la communication de sa bonté à toutes les formes de la nature qu'il régit et qu'il modifie, vous établissez pour lois suprêmes l'intelligence et l'amour, vous consacrez l'idée de la justice, vous anéantissez l'égoïsme en présence du grand tout harmonieux qui doit s'aimer en tous, et vous pouvez, sans être inconséquent, prêcher aux hommes la liberté, l'égalité et la fraternité.

Ces conséquences une fois admises (et je doute

qu'elles puissent être raisonnablement contestées) il ne s'agit plus d'imposer à l'humanité une idée nouvelle de Dieu, car où trouverait-on cette idée, sinon dans l'humanité même? Il s'agit de constater le progrès de l'esprit humain en cherchant, d'après les opinions généralement reçues, quel est le Dieu auquel maintenant l'humanité croit, puisque l'idée de Dieu est au fond et à la source de toutes les pensées comme au fond et à la source de tout être et de toute vie.

Or l'humanité maintenant croit à l'amour universel, loi unique de tous les êtres; elle croit l'arbitraire absurde, l'égoïsme criminel et destructeur, la liberté divine et la révolte contre l'injustice une action légitime et sainte; elle croit au progrès qui la conduit vers une grande unité, qui sera le bien et dans laquelle s'absorbera le mal. L'humanité ne croit donc plus à l'éternité du mal, cette monstrueuse rêverie du dualisme qui bornait autrefois l'amour de Dieu par une haine éternelle, ou sa toute-puissance par une révolte jamais expiée quoique toujours punie. Elle ne croit donc plus au despotisme arbitraire de Dieu, parce qu'elle ne conçoit plus la divinité que comme la justice et l'amour suprême. Dieu n'est donc plus pour elle isolé et indépendant du monde, puisque le monde n'est que par lui et qu'il est l'être de tous les êtres. La loi de Dieu est donc nécessairement amour et justice, ou Dieu lui-même n'est pas ; et c'est d'après cette notion que nous disons au pouvoir de la terre : Que votre loi soit amour et justice, car autrement vous n'êtes pas !

C'est donc au nom de l'humanité tout entière et d'après les saintes croyances telles que le progrès les a faites que je viens dire aux hommes, mes frères :

Dieu est la raison de l'être et l'essence de la vie de toute chose ; c'est l'idée première de toutes les formes, l'âme de toutes les âmes, la vie de tous les corps, l'harmonie intelligente et aimante de tous les mondes ; il est la pensée intime de tout ce qui pense, la lumière de tout ce qui comprend, l'inspiration de tout ce qui aime ; c'est le tout de tout, c'est le centre de l'immensité, c'est le foyer de l'infini ; c'est le vrai, c'est le beau, c'est le bon, c'est le juste ; en un mot, c'est l'être ; il est tout ce qui est, et tout ce qui est est lui.

Les formes visibles sont les manifestations de sa pensée, et ces manifestations sont aussi sa pensée, et sa pensée est amour, et l'amour c'est lui tout entier.

CHAPITRE III.

De la Création.

La création n'est que la manifestation de la pensée divine et l'effet de la volonté de Dieu. Or,
comme la pensée ne peut exister sans *verbe* ou sans
parole, et que le verbe ou la parole est nécessairement une manifestation, comme la volonté de Dieu
n'a jamais pu être sans effet, la création est éternelle comme lui. Dieu est immuable, dit la théo-
logie catholique. Il n'a donc pu de *non créant* devenir *créant;* autrement il ne serait plus immuable.
D'ailleurs, puisque Dieu est la raison essentielle de
l'être, puisqu'il est tout être, puisque le monde vi-
sible n'est que sa forme et nos âmes les reflets et
les émanations de sa pensée, il n'a rien tiré du
néant, car le néant c'est ce qui n'est pas. Or de rien
on ne tire rien. Mais il tire tout de lui-même, ou
plutôt il trouve tout en lui-même, et le mouvement de la vie, sa respiration, si j'ose parler ainsi,
est une création incessante.

Il ne créa jamais, car à jamais il crée,
Et son verbe est sa vie à jamais respirée.
Lorsqu'il veut se connaître en ce verbe parfait
Le verbe dit : *Faisons !* et l'univers est fait;
Et ce regard puissant d'un Dieu qui se pénètre

Remplit l'éternité des amours d'un seul être.
Rien ne commence en lui, car rien n'y peut finir,
Et ne passant jamais il n'a pas d'avenir.
Le commencement donc est encore un mensonge
Fils du sommeil d'un jour où la terre nous plonge !
Et quand nous renaîtrons, Seigneur, à ta clarté
Le temps s'effacera dans ton éternité,
Et nous nous souviendrons de ces siècles sans nombre
Sous des soleils changeants emportés comme une ombre,
Mais vivant de ton être, éternels comme toi,
Et sans commencement enfantés avec moi.
Car moi c'est toi, Seigneur ! Je ne suis pas : nous sommes !
Ton souffle dans l'argile a fait surgir des hommes.
L'argile bout, se brise, et ton souffle sacré
Retourne dans ton sein par ta bouche aspiré.
C'est ainsi que palpite et se répand ta vie ;
La matière est la forme à ton âme asservie.
Nous rêvons qu'elle passe et qu'elle meurt !... Mais quoi !
Tu sais bien qu'elle change et se transforme en toi !

CHAPITRE IV.

De la Révélation.

L'idée de la révélation est pour nous inséparable de celle de la création.

Si en effet la création n'est qu'une manifestation de l'idée de Dieu par la forme, si c'est le retentissement d'un verbe par lequel Dieu se révèle à lui-même, si nous sommes les émanations de Dieu, les vapeurs formées par sa lumière et sur lesquelles il réfléchit ses rayons, Dieu n'a pu créer sans se révéler. Notre première intuition est un regard vers lui, notre première pensée est une manifestation de son intelligence, notre première émotion aimante une révélation de son amour.

Mais comme dans les campagnes échauffées d'un même soleil les fleurs et les fruits ne se développpent pas tous ensemble, mais les uns avec une sève et un luxe plus précoce, les autres par un progrès plus lent et plus tardif, ainsi parmi les hommes il se trouve dans tous les temps des intelligences plus éclairées et des cœurs plus brûlants; ceux-là réfléchissent sur les autres la lumière de Dieu dont ils sont pénétrés; ce sont là les législateurs, les hommes inspirés, les saints et les prophètes.

Les paroles pleines de divinité que ces hommes d'élite laissent tomber en passant sur la terre sont recueillies avec soin par les générations et conservées avec respect dans des livres que le vulgaire vénère sans les comprendre et qu'on nomme pour cela *livres sacrés*. Tels sont les livres de Moïse, de Salomon et des autres prophètes, recueillis et refaits par Esdras, ce que nous appelons *la Bible,* *le Zend-Avesta* de Zoroastre, *les King* de Confucius, *les Védas* des Brames et *le Coran* de Mahomet; tels sont encore nos admirables Évangiles avec les écrits des apôtres qui en sont l'explication, et la sublime *Apocalypse* de saint Jean. Tous ces livres sont inspirés de Dieu; je viens d'expliquer comment. Mais nous avons tous la même inspiration, à des degrés différents, pour les comprendre, les interpréter et en écrire de nouveaux, parce que l'esprit qui animait les prophètes vit aussi en nous, parce que le même Dieu qui leur parlait au cœur fait palpiter le nôtre de son amour, parce que, comme nous, ils étaient des hommes, et que, comme eux, nous sommes enfants de Dieu et participants à l'être de notre Père.

CHAPITRE V.

De l'Homme.

L'homme est, relativement à nous, le terme le plus avancé et le plus parfait de la révélation de Dieu dans les formes de ce monde; et par l'homme, ici, j'entends l'homme complet, l'androgyne, le mâle et la femelle.

La Bible nous dit que l'homme est fait à l'image de Dieu, et les philosophes ont trouvé aussi en lui l'image du monde, le *microcosme*, comme ils disent.

Cette double notion aurait dû nous donner plus tôt une juste idée de la divinité et nous faire comprendre que Dieu est corps et âme comme nous, qu'il est esprit et matière, pensée et forme, et qu'il vit dans le grand tout comme le grand tout vit en lui et par lui.

Ainsi nous sommes de Dieu et nous participons à l'être divin en tout ce que nous avons d'être ; nous somme appelé à concevoir là vie de Dieu dans l'univers et à la répéter dans notre petit monde ; nous avons une âme pour concevoir les pensées divines et un cœur pour aimer ce que Dieu aime ; nous sommes les enfants de Dieu bien plus encore que les enfants des hommes ; et comme les enfants des hommes sont hommes, les enfants de Dieu sont Dieu. Le fils est le sang du père, et les créatures, puisqu'on est convenu de nous appeler ainsi, sont l'essence du Créateur communiquée et répandue. Ainsi Dieu ne fait rien hors de lui-même. Et comment le pourrait-il ? Par où s'échapperait-il de l'infini et par quelle porte inconcevable sortirait-il de son immensité ? Un grain de sable qui ne serait pas Dieu limiterait Dieu. Comment ne comprend-on pas ces choses, et comment nous accuse-t-on de fétichisme lorsque nous voyons Dieu en tout parce que tout est Dieu ? Vous ne comprenez donc pas que, vous-mêmes, vous êtes des idolâtres ? car, en accordant l'existence hors de Dieu à un peu de poussière, vous vous faites des dieux de boue et vous insultez ses autels !

CHAPITRE VI.

De la Femme.

L'émancipation de la femme est la question la plus sérieuse qui ait préoccupé tous les penseurs de notre époque. La femme, en effet, est née l'égale de l'homme : on ne saurait raisonnablement le contester. L'homme, il est vrai, a pour lui la force matérielle qui protége physiquement ; mais la femme est douée d'un tact plus sûr, d'une intelligence amoureuse plus déliée pour diriger la force de l'homme et pour la modérer.

Se prévaloir de la force brutale pour violenter la femme et pour lui imposer l'arbitraire au lieu de la loi de liberté, c'est commettre une grossière injustice : ceci n'a pas besoin de preuves pour être senti de tout le monde.

J'ose avancer, de plus, que l'intuition d'amour, ou autrement dit le sentiment, étant ordinairement la règle la plus sûre de la raison, la femme est nécessaire à l'éducation de notre intelligence, et qu'elle est mère de nos âmes comme de nos corps.

J'ai constaté encore un fait : c'est que la femme, comme mère d'abord, puis comme amante et comme épouse, exerce sur tous les hommes un empire qui dure autant que leur vie, et je leur demande de reconnaître franchement et de sanctifier cet empire au lieu de s'en venger par des violences et des injures.

C'est en ce sens que je n'ai pas craint d'affirmer la supériorité de la femme sur l'homme. En effet, c'est l'homme qui règne dans le monde, mais c'est la femme qui gouverne. L'homme a des bras pour l'action, la femme un cœur pour le conseil; l'homme a des armes pour la guerre, la femme a de douces paroles et de tendres caresses pour la paix.

Ne séparons donc plus les deux moitiés inséparables du genre humain! que l'homme soit le maître, mais que la femme soit la maîtresse, et qu'elle soit, de plus, honorée comme mère! Elle a quelque chose en elle de divin, et elle ressemble au symbole du Dieu qui meurt pour ses enfants, car elle nous enfante avec douleur, et toute sa vie n'est qu'un long et laborieux enfantement de notre bonheur.

Quand l'humanité ne sera plus qu'un grand corps l'homme en sera la tête par sa raison, et la femme en sera le cœur; et les œuvres de l'humanité seront sages et divines, parce que tous les membres obéiront à la tête et que la tête suivra toutes les impulsions du cœur purifié par la liberté.

Nous verrons, du reste, dans d'autres chapitres que ma doctrine sur la femme n'est pas la mienne, mais celle de Dieu, c'est-à-dire celle de toute la *révélation*.

CHAPITRE VII.

De la Loi divine.

Dieu est comme un soleil immense qui déploie ses rayons dans l'espace illimité et qui les retire en même temps à lui; il souffle et il aspire, il s'épanche éternellement et absorbe à jamais la lumière et la vie qu'il enfante; il se répand pour remplir l'infini de son être, il se retire en lui pour consommer dans la perfection de son unité toutes les formes qu'il a créées.

La loi de Dieu est donc pour Dieu lui-même expansion et attraction, c'est-à-dire amour par essence; pour les émanations divines que l'on appelle *créatures*, elle doit être docilité à l'expansion et à l'attraction, obéissance à l'amour, et, par l'amour, vie et progrès.

L'homme doit donc recevoir en lui la lumière divine qui coule à flots du sein de Dieu et la répandre à son tour sur toute la nature; mais il doit attirer vers lui toute la création inférieure par l'amour, et s'élancer lui-même vers Dieu par des efforts qui ne se ralentissent jamais.

L'homme est Dieu par l'intelligence et par l'amour, parce qu'il participe par-là à l'essence même du Créateur.

Son devoir est donc de comprendre et d'aimer toujours davantage, afin de se rapprocher de plus en plus de son centre et de s'identifier progressivement à l'unité parfaite de l'intelligence et de l'amour.

Or le caractère le plus divin de l'intelligence et de l'amour c'est la liberté ; l'amour n'est même intelligent qu'autant qu'il est libre. Il faut qu'il compare pour connaître et qu'il choisisse pour agir : autrement il est passif comme l'instinct de la brute.

La science du bien et du mal est donc en effet le fruit de vie, et le serpent avait raison de dire à l'homme dans la fable biblique : « Si vous mangez du fruit de cet arbre vous serez dieu ! »

Quel est l'obstacle à la liberté ? C'est la crainte. Or, puisque l'homme se divinise par progrès, il a dû rencontrer des obstacles à vaincre, afin que l'élection en lui fût mieux sentie et l'amour plus vivant et plus actif par le combat et la victoire. La crainte lui a donc imposé une loi que l'amour l'invitait à violer. C'est en triomphant de la crainte qu'il devient libre, c'est en échappant aux entraves de la loi que, d'enfant et d'esclave qu'il était, il devient homme et se fait Dieu.

Voilà le grand et profond mystère caché sous les allégories de la Genèse. La femme, avide la première de ce fruit divin, nous apparaît supérieure à l'homme, qu'elle invite à la liberté et qui se sacrifie à l'amour. Aussi c'est à elle que Dieu promet la victoire sur le serpent infernal qui cherchera à lui mordre le talon, mais dont elle doit écraser la tête.

L'homme est puni de sa généreuse désobéissance, afin que la peine lui serve d'épreuve; mais Dieu lui dit en même temps : « Tu es mon fils; je t'ai enfanté aujourd'hui. » L'homme qui a maintenant dans son sein un germe de vie peut lutter contre la mort : il la vaincra, car Dieu lui promet un rédempteur; et il est jaloux lui-même de se faire homme, parce que l'homme s'est fait dieu.

Ainsi l'humanité grandit dans l'épreuve, et de nouvelles lois, à mesure qu'elle se développe, viennent tenter ses facultés nouvelles et les combattre par la crainte, afin que l'homme en triomphe par l'amour. Toute loi est compressive, et tout amour est expansif. Aussi l'amour brise toutes les lois: Dieu s'incarne dans les rebelles. Moïse désobéit à Pharaon, le Christ brise la loi de Moïse, Luther élargit la loi du Christ, et les hommes avancés de notre siècle achèvent le travail de Luther. C'est ainsi que l'homme devient fort dans la lutte et qu'il triomphe de la mort et de l'enfer en bravant leurs vaines menaces par l'élan instinctif de son amour et de son généreux orgueil.

Pourquoi donc nous accuse-t-on de combattre les choses établies et d'ébranler la société? Moïse et le Christ ne l'ont-il pas fait? Si notre parole est divine comme celle du Christ et de Moïse, espérez-vous la faire rentrer dans notre bouche? Forcerez-vous Dieu à se taire et l'humanité à reculer? Si notre parole est la voix de la folie, méprisez-la; elle ne peut faire aucun mal. Mais puisque nous parlons selon notre conscience et que nous sommes prêt à nous sacrifier pour nos frères, honorez notre bonne volonté et ne nous punissez pas.

Du reste, nous aurons toujours à vous opposer la parole calme et digne des apôtres : « Voyez vous-mêmes si nous devons obéir aux hommes plutôt qu'à Dieu ! »

CHAPITRE VIII.

Du Libre arbitre et de l'Enfer.

Les catholiques, pour laisser à leur Dieu une apparence de justice, ont attribué à l'homme le libre arbitre; mais, par une inconséquence pitoyable, ils l'ont soumis, selon le caprice de Dieu même, à une grâce victorieuse ou à une concupiscence prépondérante.

Ainsi, dans la réalité, ils n'ont donné le libre arbitre qu'à Dieu seul, ou plutôt ils lui ont attribué un despotisme brutalement arbitraire qui détruit entièrement, pour quiconque sent et raisonne, l'idée première de la divinité; car la divinité ne peut être, comme nous l'avons dit, que justice et amour suprême.

De leur doctrine corrompue est sorti le dogme absurde de l'élection d'un petit nombre et de la damnation de la multitude : principe et modèle de l'aristocratie de ce monde, consécration impie du despotisme le plus effréné par l'exemple et les lois d'un Dieu qu'on nous représente comme le plus cruel et le plus capricieux de tous les tyrans.

Toutes ces erreurs découlent d'une même erreur, l'idée de l'isolement de Dieu et de son indépendance de toute la nature, idée absurde qui fait croire aux hommes que la félicité divine est dans l'isolement et dans le pouvoir arbitraire de tout rapporter à soi-même. De là l'égoïsme, monstre formé à l'image d'un faux dieu, a régné sur le monde au nom de son modèle, dont il trahit l'infernale laideur. Ainsi des prêtres ont adoré le démon pour avoir part à sa puissance, et ont donné la mort aux nations au lieu de les initier aux secrets de la vie.

Dieu n'est pas libre de mal faire, nous l'avons déjà dit; il n'est pas libre de ne pas être : il n'est donc pas libre de ne pas créer. Il doit, à raison même de son existence, faire tout le bien qu'il peut faire : donc tout ce qu'il fait est bien ou tend au bien dans lequel tout se consommera un jour. Tout ce qui vit vit de la vie de Dieu, et il attire tout à lui pour consommer tout dans sa perfection et son bonheur. L'homme n'est intelligent que de l'intelligence de Dieu, aimant que de son amour, et libre que de sa liberté; car c'est Dieu qui vit en nous, comme c'est en lui que nous vivons, que nous nous mouvons et que nous sommes. Le plus grand bien est la plus complète consommation en lui. Le mal est une aspiration douloureuse vers le bien, un tâtonnement de l'enfant dont les yeux ne sont pas encore ouverts. L'homme n'a donc pas la liberté de l'arbitraire. Toujours un motif le décide à agir, et ce motif il le trouve dans son intelligence et dans son amour. Or son intelligence et son amour sont en raison de son développement individuel et social. La force prédominante qui l'entraîne est le degrés de force divine qui se manifeste en lui; des illuminations supérieures lui font concevoir ce qu'on appelle des *remords* et des *luttes intérieures;* et si ces lumières sont un appel à un degré supérieur, appel auquel l'homme ne peut répondre que lorsqu'il est soulevé par une grâce victorieuse, c'est-à-dire lorsqu'il a fait un pas de plus dans le progrès divin, où marchent bon gré mal gré les individus, les peuples et les mondes.

D'après ces principes on doit comprendre que la création étant éternelle, l'aspiration de Dieu, qui attire tout à lui à travers des formes qui développent ses perfections infinies, même par les obstacles qu'elles semblent apporter à leur manifestation, est éternelle comme lui; que l'épreuve, qui purifie tous les êtres et les consomme dans l'unité, épreuve que le Christ a comparée au feu parce que le feu de l'amour divin en est le principe actif et caché, que cette épreuve, dis-je, durera toujours dans les régions inférieures de l'être (*inferi*); que c'est là l'enfer, et que l'enfer est éternel.

Ma parole, docile à la parole sainte,
Ne vient pas démentir dix-huit siècles de crainte:
Je voudrais le graver sur des tables de fer,
Dieu l'a dit, je le crois : il existe un enfer,
Il existe un grand cercle où d'éternelles flammes
Consument les péchés pour délivrer les âmes.
Mais je confesse aussi, sans crainte et sans détour,
Que l'enfer de mon Dieu n'est qu'un enfer d'amour.
L'amour aime, pardonne et ne hait que la haine.
Ainsi des cœurs ingrats l'amour sera la peine;
Son feu consumera les erreurs de la chair,

Mais des pleurs suffiront pour éteindre l'enfer.
Oui, celui dont la croix en a brisé les portes
Des pâles réprouvés appelle les cohortes,
Et leur dit, en montrant son cœur doux et navré :
« Venez, vous qui souffrez, je vous consolerai ! »
Et l'homme infortuné qui fut ami perfide
Ne sera plus alors Judas le déicide :
Tout couvert par Jésus de sang et de pardon
Son amour doit au ciel apprendre un nouveau nom.
Les martyrs unissant leurs palmes rayonnantes
Porteront les Césars entre leurs mains sanglantes,
Et sous leurs pieds vainqueurs le ténare éperdu
Dans l'espace infini s'écroulera perdu.
L'amour seul triomphant jouira de sa proie,
Et les feux éternels seront des feux de joie.
Jésus a par sa mort pris les lois en défaut,
Et sa croix adorée abolit l'échafaud.
Dieu, fait homme d'abord, se fait peuple, et convie
Les réprouvés au ciel, les proscrits à la vie.
La Trinité n'est plus un triangle de fer,
Et Dieu ferme le bagne en éteignant l'enfer.
Ainsi plus de bourreaux, plus de sang, plus de haine,
Plus d'enfants dévorés par la famille humaine ;
Car voici, le grand mot du mystère est trouvé :
C'est en perdant le ciel que l'homme s'est sauvé.
Si, dévot plus craintif, mais égoïste infame,
Il eût, pour vivre seul, laissé mourir la femme,
Il eût frappé son cœur d'un trépas éternel,
La crainte du péché l'eût rendu criminel,
Il n'eût pas été Dieu ni digne d'anathême,
Car c'est l'amour divin qui meurt pour ce qu'il aime,

Et son cœur, trop soumis, foyer vide et sans feu,
De son repos sacré n'eût pas arraché Dieu
Pour le faire mourir, sanglant et misérable,
Rival crucifié d'un glorieux coupable !
Triomphez donc, vous tous qui l'avez imité,
Si l'amour dans vos cœurs vainquit l'éternité !
Car la porte du ciel ne s'ouvre qu'à la flamme,
Et pour sauver son cœur il faut perdre son ame.

CHAPITRE IX.

De la Société.

Puisque nous sommes les membres du corps de Dieu et que nous ne vivons que de son esprit, nous devons vivre ensemble dans une parfaite harmonie, concourir de tout notre pouvoir au bien-être de tous, dans lequel tous les individus doivent trouver leur bonheur. Nous devons avoir tous la même pensée et le même amour, et les manifester au dehors par l'harmonie de nos œuvres. Or, si le bien-être social, si la vie de l'humanité est dans l'union, tout ce qui sépare les nations et les familles, tout ce qui divise les hommes est un principe de mort. La mort de la société c'est l'égoïsme, et la source de l'égoïsme c'est l'esprit de propriété.

Je crois que ceci est clair pour tous et d'une vérité incontestable.

Lorsqu'un homme travaille, tous les membres de son corps remplissent des fonctions diverses sans se gêner mutuellement et sans être jaloux l'un de l'autre ; le pied n'aspire pas à exercer l'œuvre des mains, et les mains ne cherchent pas à supplanter les yeux, mais tous les membres s'aident les uns et les autres avec un amour pacifique et sans même y songer : ainsi le travail se trouve fait par le concours de toutes les parties du corps, et l'homme en reçoit le salaire qui doit le nourrir.

Mais lorsqu'il prend sa nourriture est-ce que la main dit à la bouche : C'est moi qui ai travaillé, et les aliments sont à moi ? Est-ce que le pied s'autorise de ce qu'il a soutenu le poids du corps pendant le travail pour s'approprier ce que l'homme a gagné ? Est-ce que tous les membres, en un mot, divisent leurs intérêts et veulent posséder individuellement ce qui doit suffire à substanter le corps entier ? Non, sans doute. L'homme est seul propriétaire des aliments qu'il consomme, et tout ses membres en reçoivent leur part, qui circule de l'un à l'autre pour ajouter de la substance commune à celui qui n'est pas suffisamment nourri. Or c'est ainsi que l'humanité doit posséder le fruit de son travail ; elle seule est propriétaire du monde, parce qu'elle seule n'en est jamais dépossédée par la mort ; et elle doit se nourrir de ce que le monde produit pour elle, de manière à ce que tous les membres de son grand corps soient alimentés et qu'aucun ne reste en souffrance. Ainsi tout doit être partagé entre les hommes, afin que tout contribue au bien-être commun : la science, qui est le pain de l'intelligence et la nourriture corporelle nécessaire au développement de la chair et de l'esprit ; en un mot, il doit y avoir *communion* ou *communauté* entre tous les enfants du Père céleste, et c'est ce que le Christ est venu instituer sur la terre.

La communauté sera donc la société parfaite. Maintenant nous accusera-t-on d'attaquer la propriété ? Nous ne l'attaquons pas comme *fait*, nous la discutons comme système, et en cela nous nous appuyons de l'autorité du Christ, c'est-à-dire de l'autorité divine. Nous nous gardons bien de lui porter atteinte tant qu'elle sert de base à tout l'échafaudage des lois modernes ; nous nous garderions bien de voler et d'encourager les voleurs, puisqu'à notre sens *voler* c'est s'approprier le bien des autres. Mais nous ne regardons pas comme à *nous* le pain que, selon les lois actuelles, nous avons légitimement gagné ; et nous sommes tout prêt, non pas par *charité*, mais par amour de notre devoir, à le partager avec notre frère qui a faim, parce que nous croyons que, s'il en a plus besoin

que nous, il a plus que nous le droit de s'en servir, puisque le pain appartient à tous, et qu'en
venant au monde tout homme apporte le droit de
manger et de vivre.

Ainsi, c'est vainement que les philosophes tra-
vaillent à récrépir la vieille société ou à en cons-
truire une nouvelle s'ils ne s'aperçoivent pas que
les vieux pilótis de l'ordre social propriétaire sont
pourris et seront emportés par le courant du progrès.

« On ne met pas le vin nouveau dans de vieilles
outres, a dit le Christ, et l'on ne coud pas une
pièce neuve à un vieux manteau. Autrement le
neuf emporte le vieux, et la déchirure est plus
grande. »

CHAPITRE X.

De la Famille.

La famille est une association partielle qui a
pour but la procréation et l'éducation des enfants.

Elle a pour liens sociaux le mariage et la pater-
nité, et pour liens moraux l'amour et la reconnaissance.

Le mariage est la promesse que se font un homme
et une femme qui s'aiment de ne plus se quitter et

d'élever ensemble les enfants qui seront les fruits de leur amour.

Cette promesse doit être essentiellement libre : ainsi, lorsque des motifs de crainte ou d'intérêt l'arrachent à l'une des deux parties ou à toutes les deux à la fois, elle est nulle de droit naturel.

Un véritable amour doit être la raison et la base de cette promesse, et le lien qu'elle fait contracter n'est indissoluble que comme celui de l'amour.

L'amour c'est Dieu : or ce que Dieu unit l'homme ne doit pas le diviser. Je crois, selon la parole du Christ, mon Maître, à la sainteté, à l'unité et à l'inviolabilité du mariage, mais seulement du mariage, auquel Dieu, c'est-à-dire le véritable amour, a présidé.

Ainsi le mariage est indissoluble en théorie, et il le sera en pratique et en réalité lorsque la société tout entière sera constituée selon les lois de la vérité, les lois de l'intelligence et de l'amour.

Maintenant il existe peu de mariages véritables devant Dieu et devant la nature, et c'est pourquoi la chaîne conjugale, est si lourde à traîner dans notre société mal faite. La contrainte se trouve souvent à la place de la liberté, et l'aversion à la place de l'amour. Les résultats ne peuvent nécessairement être les mêmes.

Les vices des mariages actuels naissent des vices

de l'ordre social basé sur l'égoïsme et la propriété individuelle, et le divorce devrait être permis comme le progrès. Un mariage mal assorti n'est pas plus indissoluble qu'une association mal organisée. Est-ce que des êtres intelligents peuvent volontairement et raisonnablement s'engager à se tourmenter mutuellement et à se rendre malheureux sans remède?

Ainsi l'homme et la femme se doivent amour et liberté. Partout où se rencontrent au contraire haine et contrainte entre les deux sexes, c'est l'opposé du vrai mariage, c'est un état violent et anormal que rien ne justifie et qui ne saurait durer.

Toutefois, entre ces époux malheureux, qui ne le sont que de nom, peut intervenir un nouveau lien qui les engage l'un à l'autre, un amour d'une autre nature que celui qui leur manque, mais qui pourra forcer leurs affections séparées à se rencontrer et à se réunir sur la tête d'un tiers. Je veux parler du lien paternel et maternel, de la naissance d'un enfant. Or voici ce que je répondais il y a quelque temps à une femme malheureuse en ménage et qui me consultait sur ce qu'elle avait à faire:

« Puisque vous avez cru à l'esprit qui est en moi, pauvre femme au cœur blessé, je répondrai, en présence de mon Dieu, à la question que vous m'avez faite.

« Ne croyez pas que tout amour pour l'homme dont vous avez à vous plaindre soit à jamais éteint en vous; car, comme l'espérance reste dans la boîte de Pandore, le pardon reste au fond du cœur de la femme, et par le pardon le repentir retrouve l'amour qui s'était perdu.

« Les torts de votre mari ont dû être grands, puisque vous avez pu cesser de l'aimer; mais, si son retour vous trouve impitoyable, il aura droit de vous accuser à son tour et de dire que vous ne l'avez jamais aimé.

« Alors je n'aurai plus à prononcer entre vous que le jugement de Salomon.

« Je vous dirai de prendre votre enfant, de le couper en deux et d'en emporter chacun la moitié : c'est ainsi seulement que vous pourrez vous séparer à jamais;

« Car tant qu'il ne repousse pas son fils de ses bras il est à lui. Voyez, pauvre mère, si vous voulez quitter et renier votre enfant !

« Soyez femme et pardonnez ! soyez mère et souffrez s'il le faut !

« Si vos deux cœurs blessés et violemment froissés ne peuvent se rapprocher sans saigner et s'irriter encore, séparez-vous pour quelque temps;

l'absence momentanée vous rendra la paix, et la solitude vous fera peut-être éprouver des regrets qui ramèneront l'amour.

« En attendant, soyez amis, puisque vous êtes malheureux.

« Ne vous faites plus de reproches, ne vous aigrissez pas mutuellement : Dieu est entre vous deux ; ne le forcez pas à s'éloigner par votre discorde ; vous avez besoin de sa force et de son amour.

« Ce n'est pas en les frottant violemment qu'on guérit les plaies ; laissez les vôtres se cicatriser doucement. Quant à vous, femme, gardez-vous, pendant vos jours d'affliction, de l'inquiétude de votre cœur, et n'espérez pas trouver la paix dans d'autres affections qui vous éloigneraient à jamais de vos devoirs de mère.

« Vous avez été vertueuse et forte jusqu'à présent, continuez à l'être ; vous en avez plus besoin que jamais, car ce n'est pas à l'heure du combat qu'il faut s'assoupir et se laisser énerver.

« Sachez que l'amour est ce royaume du ciel dont la porte est étroite et qui se gagne par la violence. Ceux qui ne veulent pas lutter contre eux-mêmes pour le conquérir auront à lutter contre Dieu et seront écrasés.

« Courage et patience ; apaisez votre âme dans de suaves pensées d'amour et de miséricorde, et croyez que le Consolateur ne vous laissera pas dans le veuvage du cœur : il viendra vers vous. »

Ces paroles que j'adressais à une femme je les adresse à toutes les femmes qui souffrent dans les chaînes d'une union forcée. Courage, patience et foi dans l'avenir ; mais ne laissons pas tomber notre tête sur notre poitrine et nos bras sur nos genoux avec découragement. Espérons et protestons avec énergie : à force de crier peut-être que nous nous ferons entendre, et si les hommes de notre époque sont sourds l'avenir nous entendra.

Maintenant quel est le lien réel et sacré qui unit les pères aux enfants et les enfants à leurs pères et mères ?

Les parents sont pour l'enfant l'image vivante de Dieu ; ils doivent au fruit de leur amour la vie de l'intelligence et de l'amour ; ils doivent, comme Dieu, lui donner tout et ne rien attendre de lui que le retour de son amour reconnaissant et la glorification de Dieu par son bonheur, qui doit résulter de ses vertus.

Si les parents, au lieu d'épancher sur leurs enfants la lumière et la vie, cherchent à les absorber en s'en servant comme d'une propriété dont ils peuvent disposer selon leur caprice, ils cessent d'être pères et mères ; ils ressemblent à ce Saturne de la fable qui dévore ses enfants, et ils mériteraient que la nature, un jour, pour tromper leur faim insatiable, leur donnât une pierre au lieu d'un fils.

J'ai dit, et j'ose le répéter ici quoiqu'on ait affecté de le mal comprendre, que les injustices des parents envers leurs enfants pourraient les provoquer au parricide, et expliquent, quoique sans le justifier, le plus monstrueux de tous les attentats; car, je le repète encore, le parricide me semble impossible à l'homme qui a de bons parents, et je ne croirai jamais qu'on puisse tuer un père ou une mère.

CHAPITRE XI.

De l'Autorité confiée aux hommes et de l'Inégalité des conditions.

La seule autorité que les hommes aient le droit d'exercer les uns sur les autres est l'autorité de tutelle;

C'est-à-dire que les plus forts doivent protéger les plus faibles, les plus intelligents éclairer les moins avancés, les plus aimants diriger les moins parfaits, et les faibles doivent aux forts une obéissance intelligente, dans leur propre intérêt et selon les lois éternelles de la justice.

Le type de cette autorité tutélaire se trouve naturellement dans la famille. Mais la société doit n'être qu'une grande famille, puisque Dieu est notre père à tous et que nous sommes tous également ses enfants.

Mais les parents sont-ils les maîtres de leurs enfants ou en sont-ils les serviteurs?

Les bons parents se dévouent à leurs enfants et les servent tant qu'ils ne peuvent pas se servir eux-mêmes, et leur rendent sans dégoût les services les plus humiliants et les plus pénibles.

C'est ainsi que ceux qui sont les maîtres de la société doivent être les serviteurs de tous.

Ils ne doivent être plus que les autres que par une plus grande lumière d'intelligence, par une plus parfaite générosité d'amour, par un plus grand courage de dévouement et de sacrifice.

Les pasteurs de peuples ne sont pas à eux, mais ils se sont donnés corps et âme au salut de leur peuple : c'est pourquoi le Christ, comparant l'humanité à un troupeau, dit que le bon pasteur donne sa vie pour ses brebis.

Les hommes ne sont pas tous du même âge, et parmi ceux qui sont parvenus à la virilité il s'en trouve qui sont moins bien partagés que les autres des dons de la nature. Ce sont les enfants et les hommes disgraciés, les faibles et les pauvres qui ont droit à se faire servir par les autres. Est-ce à l'aveugle de prendre le clairvoyant par la main et de marcher devant lui? est-ce le paralytique qui doit porter l'homme agile et robuste? est-ce à l'enfant ignorant d'instruire et de reprendre les vieillards? Mais le guide de l'aveugle n'est-il pas le serviteur de cet infortuné, l'homme robuste n'est-il pas le serviteur du paralytique qu'il porte dans ses bras, et le vieillard qui consacre ses veilles à la jeunesse ne s'est-il pas voué au service des enfants?

L'aveugle, le paralytique et l'enfant doivent cependant aimer et révérer ceux qui les servent et leur rendre une grande reconnaissance pour la générosité de leur amour. Tel est le respect que les peuples devront à leurs chefs quand les chefs du peuple seront bons et justes.

C'est ainsi que les derniers de la société, selon la parole du Christ, en sont réellement les premiers, et que ceux qui veulent régner sur les autres doivent être les serviteurs de tous.

Tous les hommes sont égaux devant Dieu comme les enfants devant leur père, et l'inégalité que la nature a laissé subsister entre eux doit être compensé par l'amour, qui fera des plus forts les pères des plus faibles.

Tant que cette harmonie divine ne sera pas établie sur la terre on ne doit s'attendre qu'à des désordres et à d'éternelles dissentions.

Et tout pouvoir qui voudra séparer les hommes pour les posséder comme une propriété sera un pouvoir injuste et destructeur, et le devoir des hommes sera de lui résister.

Et tant qu'il y aura des grands et des petits, des riches et des pauvres, la justice, la paix et la charité auront bien de la peine à s'établir sur la terre.

CHAPITRE XII.

Des Droits et des Devoirs.

Tout homme membre du grand corps social a droit à la vie et au bien-être dont jouissent les autres membres du même corps, et doit travailler comme eux à l'entretien de la vie et du bien-être de tous, selon ses aptitudes et ses attractions.

Tout être intelligent a droit à l'instruction qui développe l'intelligence, et l'homme qui n'instruit pas son frère lorsqu'il le peut ou qui l'empêche de s'instruire commet un homicide moral.

Tout être vivant et doué des facultés humaines a droit à la vie des hommes, et ceux qui ne font pas vivre leur semblable lorsqu'ils le pourraient, ou qui l'empêchent, de quelque manière que ce soit, de se procurer ce qui est nécessaire à sa subsistance, sont des meurtriers qui font mourir leurs frères de faim.

Mais tous aussi doivent travailler pour la vie commune, et celui qui ne veut pas travailler ne devrait pas manger.

Nous avons droit à l'amour de nos frères; mais, pour mériter qu'ils nous aiment, nous devons d'abord les aimer.

Nous avons le droit de ne supporter de la part des autres ni injustice ni brutalité; mais, pour pouvoir exercer ce droit, il faut que nous commencions nous-mêmes par n'être ni brutaux ni injustes.

Nous avons droit à la liberté, mais nous ne devons être les tyrans de personne; et si nous voulons que les autres respectent la liberté en nous, respectons-la aussi en eux, et en nous-mêmes en ne leur faisant aucune violence et en ne nous asservissant à aucune bestiale et dégradante passion. C'est ainsi que nos devoirs dérivent de nos droits, et que nos droits doivent nous faire remplir nos devoirs, car ils se tiennent étroitement entre eux et ne peuvent exister les uns sans les autres.

Mais aucun de nous n'a droit à l'isolement, à l'égoïsme et à la fainéantise. Personne n'a le droit de manger le miel sans travailler dans la ruche commune, et celui qui agit ainsi doit être aiguillonné et chassé dehors comme un frelon.

Aucun n'a le droit de n'aimer personne, car celui qui n'aime pas ses frères est un monstre dans la famille et ne doit pas y être supporté.

Dans l'ordre de la nature, aucun n'a le droit de posséder plus que son nécessaire lorsqu'il voit son frère avoir faim, et celui qui agirait ainsi devrait être jugé comme comme un meurtrier.

Aucun n'a le droit de faire travailler son frère affamé pour profiter seul du fruit de son travail et engraisser son luxe et sa fainéantise des sueurs du misérable, car celui qui agit ainsi doit être maudit de Dieu et des hommes et ne mérite pas de vivre.

C'est pourquoi remplissons nos devoirs et défendons nos droits.

N'opprimons personne, mais ne nous laissons pas opprimer.

N'insultons personne, mais ne nous laissons pas insulter.

Ne dépouillons personne, mais ne nous laissons pas affamer et voler par des hommes sans cœur et sans âme.

Faisons le bien d'abord, et ensuite résistons au mal, et nous vaincrons le mal par le bien.

La révolte contre l'injustice est aussi permise que la défense légitime de l'honnête homme contre l'assassin. Pourquoi le peuple de France a-t-il chassé en 1830 un roi faible et aveuglé par de

mauvais conseils? C'est que ce roi avait méconnu
les droits du peuple, et dès-lors le peuple ne connut plus d'autre devoir que l'insurrection. Or c'est
sur la légitimité de cette insurrection qu'est établi
le pouvoir qui nous gouverne actuellement : il ne
saurait donc trouver mauvais le principe que j'avance, à moins de se nier lui-même.

Mais un peuple qui a conquis un droit doit le
conserver jusqu'à ce qu'on le lui arrache par la
force.

Notre droit c'est de vivre et d'être le plus heureux que nous pourrons. Nous devons donc progresser dans l'être et dans le bien-être par le développement de notre intelligence et de notre
amour, et lorsque nous marchons ainsi sous l'impulsion de Dieu nous avons droit de renverser
tout ce qui s'oppose opiniâtrement à notre passage.

Ce droit l'humanité ne l'oubliera pas, et ceux
qui se mettent en travers de son chemin sont des
fous qui veulent se faire écraser.

N'oublions pas toutefois que notre premier devoir c'est l'amour.

Tâchons de ramener par la douceur ceux qui
sont injustes à notre égard; essayons des armes de
l'intelligence et de l'amour avant d'employer celles
de la force, prions avant de combattre, demandons

justice avant de nous la faire, réclamons ce qui est à nous avant de chercher à le reprendre,

Afin que les méchants n'aient rien à nous reprocher et que nous soyons justifiés de nos vengeances s'ils s'obstinent à périr.

Car tous ceux qui s'opposent à Dieu luttent contre la vie, et les ennemis de la vie sont le bétail de la mort.

CHAPITRE XIII.

Des Obstacles au progrès humanitaire.

Les obstacles au progrès de l'humanité sont les doctrines égoïstes qui se sont établies dans le monde et les hommes corrompus qui défendent encore ces doctrines pernicieuses.

Ces doctrines nous les avons signalées en partie en parlant de Dieu, du libre arbitre et de l'enfer. Ce sont premièrement les fausses doctrines religieuses ; mais il faut y joindre aussi les déplorables enseignements du matérialisme brutal qui, en niant Dieu, nie l'intelligence et l'amour, borne l'homme aux grossières jouissances des sens et le soumet à l'empire aveugle de la force.

Les premières de ces doctrines font des dupes et des victimes, la dernière fait des ânes et des pourceaux : or aucun de ces êtres là n'est appelé à régénérer le monde ; ils sont tous morts pour l'avenir et inutiles ou nuisibles au progrès. Pour que l'humanité s'avance malgré eux, il faut qu'ils cèdent à son mouvement ou qu'ils succombent dans la lutte.

Les erreurs religieuses offrent cependant plus de dangers que le matérialisme, parce qu'elles sont moins révoltantes et peuvent entraîner et paralyser des natures d'ailleurs intelligentes et belles. On triomphe plus facilement de l'inertie de la matière que de la résistance de l'esprit ; on soulève un corps, mais on ne peut saisir une âme qui s'échappe. Le fanatisme tourne au profit de l'enfer la puissance même du ciel, tandis que le mouvement du ciel entraîne et fait tourner la terre.

C'est donc contre le fanatisme que les hommes d'avenir doivent réunir d'abord tous leurs efforts.

Quant aux matérialistes, nous n'avons rien maintenant à leur répondre : qu'ils mangent et qu'ils boivent! ils s'assoupiront ensuite, et quand ils dormiront nous les emporterons avec nous dans la Terre-Promise.

Nos plus grands ennemis sont les mauvais prêtres, et ils ont été de tous temps les ennemis de l'humanité ; ce sont eux qui ont fait mourir le Christ et qui ont torturé les martyrs ; ce sont eux qui ont allumé au nom d'un Dieu de clémence les bûchers sanglants de l'inquisition pour y faire mourir ceux qui protestaient au nom de l'Évangile contre leurs mensonges et leur iniquité; ce sont eux qui maintenant encore entretiennent les peuples dans l'ignorance et les superstitions antiques, pour retarder l'heure de son affranchissement et de sa vengeance. Mais leur pouvoir ne durera plus longtemps, la presse fait retentir d'un bout du monde à l'autre les cris de la vérité opprimée, et, ne sachant plus que répondre, ils en sont réduits à boucher leurs oreilles pour ne pas entendre et à parler au hasard comme si on ne leur avait rien dit. Ils s'appuient sur la force passagère des puissances de ce monde, et ils se hâtent de s'engraisser, parce qu'ils se sentent mourir tous les jours et qu'il n'y a plus d'immortalité dans leur espérance. Ils ne comprennent plus leurs propres livres, et ils ne songent même plus à les lire. Ils ressemblent à ces gardiens des ruines qui ne savent plus de quelle divinité ou de quel roi elles ont été jadis le palais ou le temple. Ce sont des morts qui ensevelissent d'autres morts. Mais malheur aux enfants égarés qui tombent vivants entre leurs mains, car ils leur font subir le supplice de Mézence! Je n'exagère pas ici : j'ai passé moi-même par toutes les angoisses de cette mort, et j'ai vu de pauvres enfants, moins forts ou moins heureux que moi, succomber, perdre la raison et mourir!

J'espère pouvoir révéler un jour toutes ces abomi-
nations, et demander à l'humanité attention, pitié et
justice. Mais ici je dois me borner à de vagues in-
dications.

CHAPITRE XIV.

Des Opinions et des Partis.

Les doctrines que j'enseigne ne sont pas des opinions; ce sont des croyances conçues en vingt ans
de douleur et d'études et pour la défense desquelles
je suis prêt à mourir; c'est la doctrine de tous les
sages de l'antiquité, la doctrine de Socrate, de Pla-
ton et de Pithagore, le secret renfermé sous les allégories de la Bible, l'explication des Évangiles et la
doctrine des apôtres. Je n'appartiens à aucun parti
puisque je prêche l'unité et que les partis sont des
divisions. La primitive Église n'était pas un parti,
et saint Paul abhorrait tant les factions qu'il reprend
avec amertume les fidèles de Corinthe de se dire
les uns partisans de Paul, les autres d'Apollo, et
les autres du Christ : « Quoi ! s'écrie-t-il, le Christ
est-il donc divisé? l'unité est-elle rompue? Est-ce
que Paul et Apollo sont quelque chose?... J'ai
planté, Apollo a arrosé, mais c'est Dieu qui a fait
germer et croître l'arbre de la doctrine. Or vous
la comprenez bien mal cette doctrine de l'unité si

vous en faites un motif de guerre et une cause de division. »

Or voilà en quoi je trouve encore répréhensibles les partis qui s'agitent de nos jours ; ils s'attachent trop aux hommes et pas assez aux intérêts de toute l'humanité. « Es-tu avec nous? » demande-t-on à tout homme qui entre dans l'arène. — « Es-tu pour Louis Napoléon? pour Henri V? pour M. Arago? pour M. Cabet? — Messieurs, je ne connais aucun de ceux que vous me nommez-là ; je suis avec Dieu et avec l'Humanité. S'il est des hommes qui marchent dans la même voie, je n'ai pas besoin de savoir leur nom ; je suis avec eux.

— « Mais, dira-t-on, êtes-vous communiste? » — Je suis chrétien, et je n'entends le christianisme que dans la communauté. Je veux la liberté, l'égalité et la fraternité, et je me range du côté des opprimés contre les oppresseurs. Je crois que l'esprit d'égoïsme est la source de tous les maux et de tous les crimes qui désolent le monde. Ce n'est pas là, chez moi, une opinion, je le répète, c'est une religion et une croyance profonde.

Si dans *l'Assomption de la Femme* quelques paroles tristes me sont échappées sur l'inconséquence ou la mauvaise foi de quelques hommes de parti, je souhaite que personne n'ait à les prendre pour soi et je ne demande pas mieux que de m'être trompé. Si quelques hommes se reconnaissent dans le portrait peu flatté que j'ai fait des faux républicains et des meneurs maladroits, au lieu de m'en vouloir et de me décrier, qu'ils se corrigent ou qu'ils se taisent! Je n'ai rien à démêler avec les hommes, et je ne leur dois que la vérité avec le dévouement d'un frère. La vérité, je la dirai toujours; quant au dévouement, j'en ai déjà fait preuve, et j'espère que Dieu me permettra plus tard de le prouver mieux encore. J'ai dit, et je le répète, que les fausses doctrines libérales *, que les opinions anarchistes, que l'esprit de haine et de vengeance n'affranchiront jamais le peuple, parce que le mal ne fait jamais de bien. Si l'on veut travailler efficacement à la délivrance du monde, il faut d'abord s'affranchir soi-même de son ignorance et de ses vices; il faut aimer beaucoup et pardonner toutes les injures personnelles, pour ne songer qu'aux intérêts de l'humanité. Donnez-moi un peuple uni dans cet esprit, et avec lui je veux conquérir le monde et le régénérer. Il sera fort comme Dieu, et tout ce qui voudra lui résister

* Par *fausses doctrines libérales* j'entends celles qui veulent reconstruire une société parfaite sur une base vicieuse, et celles qui admettent pour règle, non pas la vérité, mais l'opinion des majorités, comme si le plus grand nombre des fous rendait la folie raisonnable.

sera dissipé devant lui comme de la poussière au vent.

CHAPITRE XV.

De la Communion ou de la Communauté instituée par le Christ.

Le Christ, qui n'avait pas une pierre où reposer sa tête et qui vivait au hasard à la table de ceux qui l'invitaient ou des épis qu'il arrachait dans les champs, le Christ avait enseigné à ses apôtres la doctrine de la désappropriation volontaire, pour abolir doucement et sans violence la propriété dans le monde: « Ne possédez ni or ni argent, leur dit-il, et que celui qui a deux vêtements en donne un à celui qui n'en a pas. Quand vous entrerez dans une maison, mangez ce que vous y trouverez, car celui qui travaille a le droit d'être nourri.» Et lorsqu'un jeune homme riche lui demande ce qu'il faut faire pour être parfait: « Va, lui répond le Christ, vends tous tes biens, donnes-en le prix aux pauvres, et tu auras un trésor dans le ciel. »

Les riches et les grands de ce temps sentirent bien qu'une pareille doctrine était subversive de tout leur ordre social, d'autant plus que le Christ avait formellement déclaré que personne sur la terre ne doit être appelé *père* ni *maître*, que nous n'avons qu'un père et qu'un maître, qui est Dieu, et que nous sommes tous frères.

On accusa le Christ de conspirer contre César, et sa perte fut résolue. Jésus le vit bien et se résigna à mourir, mais il voulut léguer à ses disciples, comme un testament immortel, le dernier secret de sa doctrine, et il institua le banquet fraternel de la communauté ou de la communion; et il distribua le pain et le vin à ses apôtres en leur disant: « Mangez et buvez-en tous: ceci est ma chair et mon sang. »

Le Christ, en disant ces paroles profondes, ne se considérait plus comme un homme, mais comme l'humanité tout entière dans laquelle il espérait revivre par sa doctrine, et qui, en se consommant dans l'unité divine, devait un jour être Dieu comme lui. Or le pain et le vin partagés entre les frères sont le céleste aliment qui fera vivre le grand corps social de Dieu, qui est amour. Substantés d'une même nourriture, dans l'unité d'une même charité, nous ne serons plus qu'un corps et qu'une âme et nous nous sentirons tous les membres d'un même corps qui est le Christ, et les membres les uns des autres, selon le langage de l'apôtre.

Aussi les premiers disciples du Christ avaient-ils parfaitement compris la doctrine du maître, puisqu'ils vivaient en communauté. Ils se réunissaient pour prendre en commun leurs repas, qu'on appelait *agapes* ou amour. Ceux qui avaient des biens les vendaient et en apportaient l'argent aux pieds des apôtres pour être mis dans la bourse commune. Ananie et Saphyre, qui voulurent retenir et cacher une partie de leur argent, furent punis de mort par cette terrible société secrète dont saint Pierre était le président, et la crainte se répandit parmi tous les frères.

Comment des commencements si beaux eurent-ils une fin si déplorable? Par une des plus monstrueuses séductions dont l'histoire de l'esprit humain puisse jamais fournir l'exemple ; séduction qui, du reste, avait été prédite par les apôtres lorsqu'ils annonçaient la venue prochaine de l'antéchrist et de la grande apostasie. Du temps même de saint Paul le mystère d'iniquité se préparait ; et cet apôtre, qui prévoyait la chute prochaine de l'empire romain, avait annoncé en secret à ses frères que le règne de l'anté-christ s'élèverait sur les ruines du trône des Césars. Cet anté-christ fut le despotisme sacerdotal, qui fit asseoir sur l'autel de Dieu même la grande prostituée de Babylone, c'est-à-dire la vieille corruption de l'ancien monde, l'idolâtrie de l'homme, la puissance arbitraire, la richesse insolente, la persécution ivre du sang des martyrs. Pendant une longue suite de siècles le Christ fut crucifié dans tous ses vrais disciples et

insulté encore sur sa croix par les princes des prêtres et les pharisiens, jusqu'à ce qu'enfin il mou-
rut une seconde fois, abandonné de tout le monde,
et renié par celui qui se disàit le successeur de
saint Pierre; puis on le mit dans le sépulcre de
l'oubli, et les peuples se dispersèrent comme des
brebis sans pasteurs. Mais voici venir le troisième
jour, déjà la pierre du tombeau s'agite et tremble,
les satellites qui le gardent s'étonnent et chancel-
lent..... le Sauveur va ressusciter pour ne plus
mourir !

CHAPITRE XVI.

**Des autorités sur lesquelles sont fondées nos doctrines, et
premièrement de la Bible.**

La doctrine que nous annonçons est celle de Dieu,
c'est-à-dire celle de l'humanité tout entière, représentée par tous ses prophètes, car les prophètes ne
sont autre chose que les hommes d'avenir. Les
destinées de l'homme, esclave d'abord, puis affran-
chi par l'amour, sont figurées dans la Bible, an-
noncées dans les Évangiles, prédites par les apôtres
et pressenties par tous les écrivains évangéliques et
par les Pères de la primitive Église.

La Bible nous présente d'abord la naissance de
l'homme et sa chute mystérieuse. Initié à la liberté

par l'amour, l'homme préfère la mort pour celle qu'il aime à une égoïste obéissance, et mérite de manger ce fruit de la science qui doit le rendre dieu et que lui a cueilli la compagne que Dieu a tirée du sein même de l'homme pour le rendre heureux. Dieu le maudit pour l'affranchir en le faisant lutter contre la mort et contre le monde, et lui promet en même temps un libérateur. Pour récompenser la femme de sa faute glorieuse, Dieu lui promet qu'elle enfantera avec douleur le salut du monde et qu'elle écrasera la tête du serpent, c'est-à-dire qu'elle détruira le mal sur la terre et qu'elle triomphera de l'enfer et de la mort. La lutte commence, Caïn vient au monde et persécute bientôt Abel, qui naît après lui ; la force brutale prévaut un instant contre l'intelligence et l'amour ; Abel périt sous les coups de son frère, et son sang, qui pousse vers Dieu le premier cri de la liberté et de l'innocence opprimée, devient la semence des martyrs. Le meurtrier est errant sur la terre, et ses fils, maudits comme lui, cherchent à s'y fixer et à s'y établir par la violence ; ils bâtissent les premières villes ceintes de murailles, premières fractions de la grande unité humaine, première déclaration de guerre entre les hommes permanente et monumentale. Bientôt des accouplements monstrueux des usurpateurs du monde naissent les géants qui outragent Dieu par des désordres inouïs; Hénoch le juste est enlevé vivant au ciel, parce que la terre n'est plus digne de lui, et Dieu se résout à ensevelir le genre humain corrompu sous les eaux d'un déluge universel.

Noé le juste est sauvé avec sa famille et repeuple le monde; mais la division se met dans sa famille, et le péché reparaît dès que l'unité se brise; les hommes veulent usurper la terre une seconde fois, et osent, dans leur folie, concevoir la pensée d'élever une tour pour défendre contre Dieu même leur existence et leurs rapines. Mais l'égoïsme confond leur langage, ils ne s'entendent plus entre eux, sont obligés de se séparer et se dispersent sur la terre. Telle est l'origine des diverses nations du monde.

Dieu cependant ne veut pas que la race humaine périsse, puisque le mal n'est qu'une épreuve qui doit l'amener à la conquête du bien. Il suscite Abraham, le père des croyants, et commence par le faire renoncer à sa famille et à sa patrie pour en faire le pèlerin de l'humanité et l'ambassadeur de sa promesse. Sara, sa femme, symbole de la liberté, est plusieurs fois enlevée par les rois, qui cherchent à la violer, mais Dieu leur parle et les épouvante. Cependant Sara est stérile, mais Dieu lui promet qu'elle mettra un fils au monde. En attendant le fruit de cette promesse, elle consent à se laisser supplanter par l'esclave Agar, symbole de la loi. Le fils d'Agar ne peut souffrir plus tard l'enfant de la femme libre, et lorsque Isaac est né Ismael est chassé avec sa mère et relégué dans le désert. Isaac, symbole du Christ, est offert en sacrifice à Dieu; mais Dieu ne veut pas qu'il meure et lui choisit une épouse dans le pays de ses pères. Rebecca abandonne tout pour Isaac, comme l'humanité renoncera à tout pour s'allier un jour au Christ. Isaac, dans les embrassements de sa bien-aimée, oublie la mort de sa mère.

Rebecca conçoit deux jumeaux, nouveau symbole des deux principes qui se disputent le monde, la force et l'amour, la matière et l'esprit, Ésaü et Jacob. Ésaü vend à Jacob son droit d'aînesse pour une vile nourriture; Jacob, par les conseils de sa mère, l'homme d'intelligence et d'amour, assisté par les conseils de la femme, est béni au lieu d'Ésaü, et reçoit l'empire du monde.

Ésaü persécute Jacob, et Jacob s'enfuit au désert, où il voit Dieu se pencher vers lui pendant son sommeil et les anges monter et descendre sur une grande échelle d'or. Il reconnaît que le désert est le temple de Dieu lorsque le juste est exilé, et il s'en va cherchant sa vie par les angoisses du travail.

Il aime Rachel, image de la liberté, et il la mérité par un long esclavage : cependant il épouse d'abord Lia, symbole de la loi, et lui donne plusieurs enfants.

Bientôt il est obligé de s'enfuir de nouveau, et il lutte contre Dieu même pendant toute une nuit. Ainsi l'humanité devait s'affranchir même de ses croyances les plus saintes, et prendre pour ainsi dire Dieu corps à corps, afin de le mieux connaître et de le posséder plus parfaitement en s'égalant en quelque sorte à lui.

Jacob a douze fils, dix de Lia, et deux seulement de Rachel. Les enfants de la loi sont jaloux des enfants de la liberté. Joseph, image du Christ, est vendu par ses frères, et devient riche pour leur pardonner et les nourrir ; mais il chérit de préférence Benjamin, son jeune frère, celui dont la naissance a donné la mort à Rachel, l'enfant de la douleur, le doux symbole de l'esprit d'amour qui doit consommer le règne de Dieu à la fin des temps.

La famille de Jacob s'établit en Égypte dans un temps de famine et y trouve la propriété et l'esclavage. Une tyrannie insupportable réduit les malheureux enfants d'Israël à tuer leurs propres enfants : c'est alors que Dieu suscite à son peuple un sauveur.

Moïse, sauvé des eaux par la fille même du tyran, est élevé à la cour de Pharaon et en méprise les délices, il ne songe qu'aux douleurs de ses frères, et lorsqu'il est parvenu à la virilité il proteste contre un pouvoir inique par la force et tue un Égyptien qui maltraitait un enfant d'Israel. Mais ses frères, abrutis par l'esclavage, ne le comprennent pas et l'accusent ; il fuit au désert et se décourage. Dieu, sous la figure d'un buisson de feu, l'empêche d'aller plus loin et le renvoie contre Pharaon. Le terrible tribun du peuple revient de son exil volontaire, armé de la toute-puissance de Dieu. Les fléaux, à sa voix, châtient le tyran et ses esclaves, et le peuple de Dieu enfin soulevé se met en marche sous la conduite d'une colonne de feu pour traverser le désert qui conduit à la Terre-Promise. Tous les Pères des temps apostoliques ont reconnu dans le sombre et magnifique tableau du passage de la mer Rouge l'image de ce qui doit arriver à la fin des temps, lorsque l'humanité marchera vers des régions nouvelles à travers une mer rouge de sang où resteront ensevelis ses oppresseurs. La colonne de flamme est la lumière de l'intelligence qui brillera un jour comme l'éclair aux yeux de tous les hommes, et Moïse représente l'ange ou le génie de la liberté.

Les Israélites nourris du pain du ciel dans le désert, goûtent dans cette nourriture divine, partagée également à tous, les prémices de la communion ou de la *communauté*, mais ils regrettent les viandes de l'Égypte et adorent le veau d'or, symbole de la propriété. Alors Moïse réduit l'idole en poudre, leur en donne les cendres à boire, et leur or sacrilége les empoisonne.

Toutes les vieilles âmes, infectées d'un levain de cupidité ou de servitude, périssent dans le désert. La Terre-Promise doit être la conquête d'une race jeune et croyante, sous la conduite, non plus de Moïse, qui doit mourir comme la loi judaïque dont il est le père, mais de Josué, ou de Jésus, le destructeur des rois idolâtres et le distributeur des terres.

Les habitants sacriléges de Chanaan sont voués à l'anathème le plus sanglant et le plus terrible, comme ils le seront encore dans la grande guerre qui doit venir. Les murailles des villes fortes tombent au seul cri des multitudes qui s'avancent au nom de Dieu; les tyrans sont exterminés, et le soleil s'arrête dans le ciel pour les regarder mourir.

La terre est partagée également à tous, et Dieu seul règne sur le peuple, représenté par les prophètes, c'est-à-dire par les vieillards de la nation, les plus intelligents et les plus vertueux.

Tant de bonheur n'est pas encore durable. Les Israélites ont à lutter contre les restes de l'ancienne corruption de la terre de Chanaan, les délices les énervent, et ils perdent leur dieu en perdant leur liberté, mais Dieu leur suscite encore des sauveurs.

Tantôt c'est Aod, le sublime régicide, qui plonge un poignard dans le ventre gras du tyran de Moab, et sonne de la trompette en appelant le peuple aux armes sur les montagnes d'Éphraïm; tantôt c'est Gédéon qui, semblable aux courageux prédicateurs de la vérité, force les Madianites à s'entretuer en les environnant de cris et de lumières; tantôt c'est Samson qui, enfermé dans les villes, en arrache les portes, et qui s'ensevelit avec les Philistins sous les ruines de leur temple. Mais enfin les Israélites se corrompent tout à fait et demandent un roi. En vain Samuel, pour leur faire comprendre combien leur demande déplaît au Ciel, fait-il gronder le tonnerre à leurs oreilles, il leur faut un roi; mais le premier roi qu'on leur donne désobéit bientôt à Dieu, usurpe la divinité et convoite des richesses sacriléges : aussi Dieu le maudit et choisit pour roi un simple berger.

David est la figure du Christ, choisi dans le peuple pour détrôner la tyrannie et lui faire succéder un règne populaire et juste. Il triomphe de l'orgueil, figuré par le géant Goliath, et devient bientôt fugitif et proscrit, pour mériter par ses souffrances d'être le pasteur et le consolateur des multitudes. Saül se fatigue à poursuivre David, comme

la tyrannie de l'ancien monde se lassa à persécuter
le christianisme naissant; enfin, découragé et vaincu,
il se tue lui-même, comme le fera toujours le pouvoir violent et arbitraire, et le proscrit monte sur
le trône. Mais sur le trône David et le christianisme
se corrompent; ils deviennent tous deux adultères
et homicides. Aussi Absalom, fils de David, s'em-
pare du trône de son père, et ose même violer ses
femmes, comme le pouvoir antichrétien des papes
s'empara de l'empire populaire du Christ et viola
ses saintes doctrines. A David succède Salomon,
le roi parfait et sage, le chantre du Cantique des
Cantiques, le symbole de l'esprit d'amour.

Ici se termine la série des magnifiques images
bibliques, qui contiennent, sous des voiles trans-
parents, les prédictions des destinées de l'humanité.

On ne lira pas cependant sans intérêt l'histoire
de Roboam, abandonné par le peuple qu'il veut opprimer, les infamies des rois idolâtres d'Israel, Achab
tuant Naboth pour lui voler sa vigne et périssant
misérablement dans la vigne qu'il a usurpée, la reine
Jézabel dévorée par les chiens, des paniers pleins
de têtes royales offerts en présent à Jéhu, et les prophètes faisant descendre le feu du ciel sur les satellites des tyrans. Élie et Élisée représentent la puissance de la parole persécutée et proscrite; ce sont

des pauvres et des fous qui font trembler les rois et les faux sages qui les flattent. Le patriotisme humanitaire fuit avec eux dans les solitudes, et Jérémie ne vient s'enfermer dans Jérusalem que pour pleurer sur sa destruction prochaine et l'exorter à la réforme.

Enfin les menaces des prophètes s'accomplissent comme elles s'accompliront encore ; la cité autrefois sainte est foulée aux pieds par Nabuchodonosor, et soixante-dix ans de captivité punissent l'incrédulité d'une nation trop rebelle aux avertissements de son Dieu.

Cependant, comme les châtiments de Dieu ne sont que des remèdes aux fautes qui sont les maladies des hommes, ils ne sauraient être éternels.

Dieu appelle Cyrus pour délivrer son peuple, et le temple sort de ses ruines. Ici la Bible se termine par l'histoire de la tyrannie d'Antiochus, qui meurt rongé de vers, et par le patriotique tableau des guerres sublimes que font aux oppresseurs de leur pays les généreux frères Machabées.

Ainsi, dans la Bible, toute figure annonce et prêche la liberté. Peuples, lisez ce livre, et espérez, car c'est la parole de Dieu, et le ciel et la terre passeront plutôt qu'une seule de ces paroles puisse passer sans avoir son accomplissement !

CHAPITRE XVII.

De l'Évangile.

Mais voici venir la grande révélation du Christ, et Dieu va parler au peuple d'une voix plus intelligible et plus haute.

Les cieux s'abaissent vers la terre souffrante, et là divinité elle-même veut s'incarner. Le Christ, le dieu-peuple, naît dans une étable et est adoré par de pauvres bergers; une étoile nouvelle brille dans le ciel de l'Orient, et Hérode tremble sur son trône; Jésus, persécuté en naissant, est emporté en Égypte, et les idoles de l'Égypte frémissent à son approche; Hérode baigne ses mains dans le sang des innocents, et meurt désespéré sans avoir pu égorger le Sauveur du monde.

Jésus revient dans sa patrie et grandit dans les travaux obscurs de l'atelier; une fois seulement il en sort pendant son enfance, et sa précoce sagesse étonne et confond les docteurs d'Israel; puis il se cache de nouveau et mûrit en silence ses grandes idées de sacrifice et de régénération.

A trente ans il s'en va dans la solitude, et l'esprit du mal vient le tenter par la sensualité, par l'orgueil égoïste et par la convoitise ambitieuse, mais il repousse avec dédain de si honteuses pensées et mérite d'être servi par les puissances du ciel. Il appelle à lui les pauvres et les pécheurs, proclame heureux ceux que le monde repousse, et maudit ceux qu'on croit sages et vertueux. Il déclare que le peuple, cette pierre brute rejetée par les archi-tectes, va devenir la pierre augulaire d'une société nouvelle, et, choisissant Céphas, l'homme du peu-ple par excellence, il lui dit : « C'est toi qui es la pierre sur laquelle je bâtirai ma société, et les am-bitions, qui sont les portes de l'enfer, ne prévau-dront jamais contre elle. »

Puis il s'en va prêchant l'égalité et la fraternité. A sa voix l'eau froide des vieilles doctrines conte-nues dans des cœurs de pierre se change en vin délicieux pour réjouir les noces de l'humanité, la tempête des passions humaines s'appaise, et il marche tranquillement sur les flots que le peuple, représenté par Pierre, soumet aussi sous ses pieds dès que le Christ lui tend la main. Il chasse des hommes tous les mauvais esprits qui les rendent furieux, l'esprit d'orgueil qui l'isole et le fait ha-biter dans les tombeaux, l'esprit de haine qui le porte à la guerre et qui se nomme *légion*, cet es-prit immonde qui enrégimente des hommes sous une obéissance aveugle et brutale comme les ani-maux les plus vils et qui les entraîne à la mort, l'esprit de mensonge qui saisit l'homme dans son enfance et le rend sourd et muet pour toute parole de vérité.

Le Christ ne possède rien sur la terre et ne permet pas à ses disciples de posséder quoi que ce soit. Un seul, entre eux, aime la propriété et se laisse tenter par le démon de l'avarice : aussi c'est celui-là qui devient traître et qui livre plus tard son maître et son ami à la mort pour quelques pièces d'argent.

Jésus passe sur la terre en faisant du bien ; il guérit toutes les langueurs du peuple, ouvre les yeux aux aveugles et les oreilles aux sourds, relève les boiteux, fait marcher les paralytiques et rend la santé aux lépreux. Toutes ces figures sont faciles à comprendre dans un sens spirituel, et la doctrine du Christ est en effet la guérison de toutes les maladies morales et d'un grand nombre des maladies physiques qui affligent l'humanité.

L'Évangile a été écrit dans les premiers temps du christianisme, lorsque la doctrine du Maître récemment crucifié était encore une doctrine proscrite et secrète ; il a donc fallu l'envelopper de paraboles et d'allégories : de là toutes les histoires merveilleuses dont le Christ est le héros et qui toutes cachent un sens dogmatique et caché que était compris alors seulement des élus.

Ainsi la doctrine de la communauté et des prodiges qu'elle opèrera pour le bonheur des peuples est représentée par le miracle des cinq pains qui se multiplient pour nourrir tout un peuple dans le désert; c'est la fable de la manne renouvelée de Moïse et appliquée aux idées nouvelles dont Moïse lui-même avait eu l'initiation, mais qui ne devaient être clairement enseignées que par Jésus et ses successeurs.

Ainsi le renouvellement de l'humanité est re-présenté par la résurrection de Lazare, ce mort de plusieurs jours, et déjà corrompu, qui se lève dans son suaire à la grande voix du Christ entrecoupée de pleurs, et à qui le Maître ordonne que l'on délie les mains, car c'est pour la liberté qu'il l'a fait sortir de sa tombe.

Jésus montre une prédilection marquée pour les maudits de ce monde, il confond par une parole que tous les juges du monde devraient méditer ceux qui accusent la femme adultère, il pardonne à la prostituée en considération de son amour, appelle à lui un publicain et dit à l'humble Zachée que le salut est entré dans sa maison.

En revanche il maudit l'orgueil de Capharnaüm et la dureté de Corozaïm et de Bethsaïde; il ap-pelle les prêtres des *sépulcres blanchis*, et le roi Hérode *un chacal*; il s'affranchit de la superstition des observances légales, et ose déclarer que l'homme n'est pas fait pour la loi, mais que la loi est faite pour l'homme; il maudit les riches et les heureux du monde, console le pauvre Lazare dans le sein d'Abraham, et refuse au mauvais riche une seule goutte d'eau pour rafraîchir sa langue desséchée au feu de l'enfer; il déclare que les premiers seront les derniers, et annonce aux hommes que, s'ils ne réforment leur société, ils périront tous écrasés sous ses ruines comme les travailleurs de la tour de Siloé; il chasse avec colère les vendeurs et les trafiquants hors du temple de Dieu, comme ils seront un jour chassés de la société régénérée, et les traite ouvertement de *voleurs*; enfin il abolit les titres de *seigneur* et de *maître*, et établit, pour dernier symbole et pour résumé de sa doctrine, le repas égalitaire de la communauté, ou la communion.

Tant de sainte hardiesse devait lui coûter la vie; il meurt en pardonnant à ses bourreaux, qui ne savent pas ce qu'ils font, et à sa mort le voile du sanctuaire se déchire, les pierres s'amollissent et se fendent, et les morts sortent de leur tombe!

Trois jours après sa mort il ressuscite dans ses disciples comme il l'avait prédit; son âme passe en eux. Ce n'est plus un homme, c'est un société naissante, et bientôt ce sera un monde, ce sera tout, ce sera Dieu : c'est ce qui nous est figuré par le mythe de sa glorieuse ascension. Il donne au peuple, figuré par saint Pierre, les clefs du royaume du ciel en lui léguant son Évangile, et il confie sa mère à saint Jean, le disciple de l'amour, l'homme de l'avenir, celui que l'on représente toujours sous la figure d'un adolescent, parce que sa virilité n'est pas encore venue. Saint Jean est le symbole de l'esprit d'amour et de liberté; c'est à lui que le Christ a confié la femme, parce que la femme ne sera révélée au monde que sous le règne de l'amour. Aussi le bruit courut-il parmi les frères que Jean ne devait pas mourir.

Il a du moins dormi un long sommeil; mais voici bientôt l'heure où il va se réveiller pour révéler au monde les secrets qu'il a appris du Maître lorsque dans la dernière cène il reposait sa tête sur le cœur de Jésus.

CHAPITRE XVIII.

De la Doctrine des Apôtres.

La multitude des fidèles n'avait en ce temps-là qu'un cœur et qu'une âme, et il n'y avait pas de pauvre parmi eux parce qu'ils vivaient tous en frères.

Saint Paul, qui, de persécuteur du christianisme, était devenu un ardent propagateur des doctrines de Jésus, saint Paul recommandait aux chrétiens de conserver cette union sainte, et il reprochait aux riches de Corinthe de ne pas partager avec les pauvres l'abondance de leurs repas. « Quoi, leur disait-il, quand vous vous assemblez pour célébrer la cène du Seigneur, les uns sont affamés et les autres sont ivres! N'avez-vous pas vos maisons pour y manger et pour y boire, et venez-vous insulter l'assemblée du Seigneur? » Il leur reprochait aussi d'avoir entre eux des procès et des divisions d'intérêts, et il gémissait de les voir encore esclaves de l'esprit de propriété. « Pourquoi ne souffrez-vous pas plutôt qu'on vous prenne ce que vous avez? » ajoute-t-il. Si cette parole dut sembler dure alors elle est certainement incompréhensible à notre siècle, et saint Paul, parlant ainsi, de notre temps, prêterait à rire aux bourgeois ou se verrait accusé, de porter atteinte à la propriété.

Mais saint Jacques serait à coup sûr condamné comme excitant à la haine les diverses classes de la société entre elles s'il revenait dire de nos jours:

« Allez maintenant, riches, pleurez et poussez des hurlements à cause de vos misères, qui vont bientôt venir sur vous!

« Vos richesses tombent en putréfaction, et vos riches vêtements sont mangés par les vers.

« Votre or et votre argent sont dévorés de rouille,

et cette rouille vous fait des taches accusatrices, et elle mangera vos chairs comme le feu.

« Vous vous êtes amassé des trésors de colère pour les jours qui vont bientôt venir.

« Voilà que le salaire des ouvriers qui ont moissonné vos campagnes et que vous leur avez volé crie vengeance, et *ce cri est parvenu à l'oreille du Dieu des combats.*

« Vous avez fait de la terre une mangeoire, et vous avez engraissé vos cœurs de délices pour le jour de la tuerie.

« Assez longtemps vous avez égorgé le juste qui ne vous a pas résisté. »

Mais le plus remarquable de tous les écrits des apôtres est sans contredit l'Apocalypse de saint Jean; nous consacrerons à son explication un travail à part, mais nous en donnerons ici une rapide analyse.

L'Apocalypse est un magnifique poëme à la manière orientale; c'est le chant du combat entre la société égoïste de Satan, personnifié sous le nom de Babylone et représenté sous l'emblème d'un monstre à sept têtes couronnées, et la société nouvelle de la communauté chrétienne qui, après toutes les révolutions que doit soulever l'Évangile du Christ, viendra s'établir sur la terre.

* Épître de saint Jacques, chap. v.

C'est pourquoi le Christ, qui ne vit plus que par sa parole, et que pour cette raison il appelle *le verbe de Dieu,* apparaît d'abord au poëte, couronné de gloire, blanc et pur comme la neige, tenant entre ses mains les étoiles de l'avenir, et laissant tomber sur le monde une parole tranchante comme un glaive. Après quelques avertissements donnés aux assemblées qui, comme des chandeliers d'or, étaient alors dépositaires de la lumière du monde, le poëte ouvre tout à coup le ciel et nous éblouit de la splendeur de ses images. Le centre immuable de l'être lui apparaît voilé d'un océan de clarté et couronné de l'arc-en-ciel de l'espérance. On ne voit pas distinctement celui qui siége sur le trône; mais les siècles, représentés par vingt-quatre vieillards, se prosternent autour de lui, et il tient dans ses mains un livre fermé.

Ce livre est celui qui contient la révélation éternelle, c'est l'Évangile dans toute se pureté, mais il est fermé de sept sceaux qui sont les vices de l'humanité.

Or personne, ni dans le ciel ni sur la terre, ne peut ouvrir le livre; mais le Christ vient sous l'emblême d'un agneau égorgé, et par lui seul le livre est ouvert.

Il sonde les plaies de l'humanité et met à nu toutes les misères; l'expérience des siècles fait mieux comprendre sa doctrine, et à chaque sceau qui s'ouvre du livre mystérieux on voit apparaître un fléau dont l'Évangile doit triompher: la guerre, la famine et la mort parcourent le monde, montées sur des coursiers terribles; le monde tout entier s'ébranle, les martyrs de la mauvaise société crient vengeance sous l'autel de Dieu; mais on leur dit d'attendre, parce que la coupe de sang n'est pas encore pleine. Le ciel, avec toutes les croyances antiques, se retire comme un livre qu'on roule, les montagnes sont aplanies et les îles se réunissent aux continents, et les rois de la terre, et les princes et les riches se cachent dans les cavernes et dans les creux des montagnes, parce que le jour est venu où celui qu'on égorgeait comme un agneau s'est mis à rugir comme un lion.

Dieu marque au front ses élus pour qu'ils ne périssent pas dans la grande tourmente, et des anges retiennent encore les quatre vents du ciel prêts à souffler pour balayer toutes les ruines de l'ancien monde.

Mais l'heure du jugement est venue, et la colère de Dieu ne peut plus s'arrêter; la trompette terrible de la guerre entre deux mondes retentit sept fois dans le ciel, le sang tombe en pluie, des montagnes d'orgueil s'écroulent dans la mer, l'ange exterminateur envoie sur la terre les hommes de dés-

organisation et de mort comme une nuée de sau-
terelles et de scorpions, puis les grandes armées du
nord passent sur la terre et n'y laissent que des ca-
davres et des débris.

Cependant l'ange de l'Évangile, semblable à un
soleil que la fumée de l'embrasement du monde
voile encore d'un sombre nuage, apparaît couronné
d'un arc-en-ciel consolateur, il pose un de ses pieds
sur la mer et l'autre sur la terre, et il crie que
bientôt va venir la fin de toutes les douleurs. Il
tient à la main un petit livre, le livre de l'Évangile,
dont la doctrine est douce aux lèvres comme du miel
et qui remplit d'amertume le cœur de ceux qui le
méditent lorsqu'ils sentent combien peu il est encore
compris par les hommes. Des prophètes sont encore
envoyés au monde, et, comme le Christ, ils sont tués
et revivent glorieux. Puis apparaît la grande et sublime figure de la Liberté en travail sous la figure
de la femme. Une femme revêtue du soleil et cou-
ronnée d'étoiles crie dans les douleurs de l'enfantement; et le dragon, c'est-à-dire le génie du despotisme et du meurtre, se tient devant elle, tout prêt
à dévorer son fruit. Mais elle met au monde un
enfant mâle que Dieu prend par la main et élève
jusqu'à son trône. C'est le peuple nouveau, le
Christ incarné dans l'humanité qui doit briser les
nations égoïstes et corrompues avec une verge de fer.

Enfin le combat définitif se livre entre le bien et le mal, entre Dieu et l'enfer, entre le crime et la justice, entre le despotisme et la liberté. Saint Jean voit dans toute sa laideur le monstre du despotisme, ayant pour tête les sept vices capitaux et surchargé de diadèmes, se faire adorer par les hommes corrompus. Il voit la société des méchants et leur fausse église sous les traits d'une prostituée qui écrit sur son front *mystère* et s'enivre du sang des martyrs... Puis tout à coup une grande voix se fait entendre : Elle est tombée ! elle est tombée cette grande Babylone ! elle est tombée comme une pierre qu'on précipite dans la mer et qui disparaît pour toujours !... Le ciel, couvert de ténèbres, s'éclaire alors d'un vaste incendie dont les reflets ensanglantent au loin les flots de la mer, les rois des nations et les trafiquants de délices pleurent et se couvrent la tête de cendre... Regrets inutiles ! Babylone n'est plus, et eux-mêmes ils vont périr ! Heureux ceux qui sont morts, car ils se reposent ! Mais la terre tout entière est maintenant en travail, c'est le jour de la grande moisson, et les faucheurs passent en abattant tout sans pitié ; c'est le jour de la grande vendange, et des raisins qu'on presse dans la cuve de la colère jaillit un déluge de sang. Un ange convie dans le ciel tous les aigles et tous les vautours à manger la chair des maîtres et des esclaves; et le verbe de Dieu, semblable à un guerrier monté sur un cheval blanc, s'avance avec la foudroyante épée qui sort de sa bouche, triomphe de tous ses ennemis, et précipite dans l'abîme du néant l'hydre du péché avec les fantômes hideux de la mort, du mal et de l'enfer. Alors, du haut d'une montagne, saint Jean voit descendre du ciel la cité des élus, la nouvelle Jérusalem où le Christ doit régner sur la terre. Cette ville n'est qu'un seul palais, car tous les habitants sont rois: l'égalité et la symétrie la plus parfaite président à sa construction; elle est fondée sur les paroles du Christ comme sur autant de pierres précieuses, et ses portes sont ouvertes à tous les peuples et à tous les hommes. Là Dieu est adoré en esprit et en vérité. Mais on n'a plus besoin de temple, parce que l'univers entier est un temple où Dieu réside, et Dieu lui-même éclaire de sa lumière éternelle et sans déclin ce peuple qui participe à sa divinité. Rien de souillé ni d'immonde n'entrera dans cette cité sainte, tout est purifié par le sang de l'Agneau. Dieu, qui est le commencement de tout, a tout ramené à lui comme à la fin unique de toute chose, et le bonheur du monde est accompli par la consommation de toute chose dans l'unité.

CHAPITRE XIX.

De l'Histoire.

L'histoire, depuis le Christ jusqu'à nos jours, est l'accomplissement et la justification complète de la prophétie de saint Jean.

La venue du Christ sur la terre est d'ailleurs le grand événement qui domine toute l'histoire. La voix de Jésus a proféré la première parole vraiment divine que le genre humain ait entendue, et ce n'est pas par erreur qu'on l'a appelé le *verbe de Dieu.*

Mais comme il l'avait annoncé lui-même dans la parabole du levain, cette parole, jetée au fond de la société, devait lentement mais infailliblement la soulever et la bouleverser tout entière pour lui donner une forme nouvelle. Le Christ savait d'ailleurs qu'un monde ne s'évanouit pas sans convulsions, qu'une société ne se dissout pas sans luttes et sans réactions plus ou moins violentes; il prédit à ses disciples les persécutions, et par les persécutions leur triomphe. Puis il les prémunit contre une grande défection qu'il juge nécessaire : car l'humanité ne tend pas toujours ses bras dans la lutte; elle se lasse quelquefois pour se reposer, et recommence ensuite le combat avec une nouvelle vigueur.

Cette défection, que les apôtres ont appelé *le règne de l'anté-christ,* fut presque consommée par les succès de l'arianisme. Mais l'arianisme était une hérésie, c'est-à-dire une séparation, un morcellement de l'unité; il ne pouvait donc attirer l'unité à lui, puisqu'il ne devait son être qu'à une déchirure, si j'ose m'exprimer ainsi. C'était dans l'Église même que devait s'établir le règne sacrilége de l'homme qui se fait dieu; et il devait avoir en sa faveur de telles apparences que les élus eux-mêmes, c'est-à-dire les hommes d'élite, fussent en en grand danger d'être séduits : c'est ce qui arriva lorsque la communauté cessa parmi les chrétiens pour faire place à l'esprit d'ambition et d'égoïsme. Alors les vrais fidèles, épouvantés et désolés, s'enfuirent au désert et y formèrent des communautés de misères et de larmes pour protester ainsi contre l'usurpation des faux frères. Protestants sublimes qui, en reconnaissant et en fuyant la corruption de l'Église, respectèrent en elle le principe de l'unité, et ne se séparèrent pas du corps parce qu'il était malade, sachant bien que, pour un membre, même sain, se séparer du corps c'est mourir.

Alors commença à régner dans l'Église un peuvoir despotique et sacrilége tel qu'on n'en avait jamais vu. Le pape, en s'attribuant l'infaillibilité, se déclara dieu et voulut absorber toute l'Église en lui seul. Pendant un temps le peuple fut trompé, et l'erreur même dominante fut un lien de l'unité. Mais Dieu ne pouvait laisser l'humanité dans le mensonge : autrement son progrès s'arrêtait dans la mort. Il laissa les papes aller dans leur mauvaise voie, et ils se corrompirent aux yeux des nations. Bientôt la nouvelle Babel fut arrêtée dans sa construction comme la première, par la confusion des langues. Le grand schisme apprit solennellement au monde que le pape n'était pas dieu, et la France, que Dieu avait suscité dès le commencement pour être le salut du monde, la France, qui avait couronné dans le pontife de Rome le chef de la grande unité, et qui avait mérité d'être appelée le royaume très-chrétien, la France tendit la main à l'humanité qui cherchait un chemin nouveau et lui dit : « Marche à ma lumière ! »

Le grand schisme fut le signal des grandes protestations et des grandes hérésies. Heureux les protestants, qui demeurèrent, comme Savonarole et comme Jean Hus, attachés à l'unité catholique et qui en moururent martyrs ! Mais, pour réparer de grands maux, il fallait de grands cris et de grands remèdes ; des génies ardents et passionnés mirent

jes mains dans les plaies de l'Église et les déchirè-
rent en les sondant avec violence. Luther avait
mugi, et il heurtait son front de taureau contre le
front sans pudeur de la papauté prostituée. Les peu
ples applaudissaient et brisaient leurs chaînes; les
royaumes du monde, agités par tous les flots et
poussés par tous les vents de la grande tempête,
s'entrechoquaient et se brisaient les uns contre les
autres comme des vaisseaux sans gouvernail. La
société allait périr avortée dans le sein de l'Église
sa mère : mais la France était là, comme autrefois
l'arche de l'alliance; elle sauva dans son sein l'unité
prête à périr, et protesta contre l'hérésie par des
actions terribles dont les hommes de nos jours, et
surtout ceux qui sont encore imbus de la mesquine
philosophie du siècle dernier, ne comprennent pas
la portée humanitaire; la France fit la Saint-Barthé-
lemy et la Ligue, et le catholicisme fut sauvé.

C'était en même temps cependant qu'en France
même la renaissance des lettres avait hautement et
splendidement protesté contre l'ignorance calculée
et les superstitions papales. Rabelais commençait à
verser partout ce rire dissolvant dont Voltaire devait plus tard faire un si étrange mais si utile abus.
La France aimait Rabelais et condamnait Luther
et Calvin. C'est que Dieu ne l'avait pas mise en vain à
la tête des nations. Elle haïssait les abus du catho-

liscisme, mais dans le nom catholique elle sauvait le germe et la promesse de la grande unité qui doit un jour réunir tous les peuples dans une religion universelle.

La France, du reste, opposa plus tard à la grande figure de Luther la tête imposante de Bossuet. Bossuet protesta contre la papauté et foudroya en même temps l'hérésie. Il ne se sépara pas de l'Église, mais il l'enveloppa dans sa parole puissante et l'attira à lui. Ainsi, par lui et par le génie français dont il était l'organe, la grande révolution ecclésiastique s'accomplit. Le pape fut détrôné au sein même de son église et n'osa pas se plaindre. Le protestantisme avait en quelque sorte reconnu le colosse pontifical en lui livrant une guerre si acharnée, Bossuet le renversa d'un souffle, et le gallicanisme, en sauvant l'unité, sauva la liberté, la société et le monde.

Alors arrive la grande, la sainte, la sublime révolution française. Reine de l'univers, la France cria à tous les peuples ses sujets : Soyez libres! et elle se montra aux nations révoltées pâle et terrible, mais rayonnante.

La terre trembla sous ses pas, les palais s'écroulèrent et entraînèrent dans leur ruine les temples qu'on avait maladroitement élevés sous leur ombre. Pour saper le trône que des prêtres adulateurs avaient mis sur l'autel, on renversa les autels mêmes... Mais la tourmente se calma et l'idée révolutionnaire enfanta son Messie. Napoléon parut, et, après avoir châtié et épouvanté les rois, il enchaîna le pape d'une main, releva les autels de l'autre, et se déclara catholique à la face du monde entier.

CHAPITRE XX.

Avenir de la Religion et des Peuples.

L'Église catholique a été la mère de la grande société universelle, elle l'a enfantée dans les angoisses des siècles derniers, et l'enfant ne peut plus vivre maintenant au sein de sa mère, il lui faut l'air du ciel et la liberté.

Lorsque l'enfant saura marcher seul, la mère sera morte, ou plutôt elle revivra plus belle et plus glorieuse dans la grande société sa fille.

Hommes du peuple, mes frères, croyez-le, car moi que des prêtres ont si cruellement persécuté, moi qu'ils condamnent et maudissent, je n'ai pas intérêt à dire quelque chose pour leur plaire, mais aucun ressentiment personnel ne m'empêchera jamais de dire ce que je crois vrai : c'est par la religion seule que vous serez sauvés, et cette religion c'est dans le catholicisme seul que

vous en trouverez les principes; mais sachez bien
que le catholicisme s'est transfiguré, et qu'il est
passé dans le génie national de la France et dans
es doctrines de la liberté, de l'égalité et de la fraternité. Croyez en Dieu, lisez l'Évangile et priez
par vos œuvres; gardez-vous des matérialistes,
qui veulent vous assimiler à la brute; gardez-vous
des hommes de haine et de violence qui veulent
exploiter votre juste ressentiment contre la société.
La résistance du peuple ne doit rien avoir de commun avec la cohue de l'émeute; elle doit être digne, calme et grande comme lui.

Soyez bons et justes d'abord afin que vous ayez
le droit de demander justice et de résister aux méchants.

Gardez-vous de la fraude et du mensonge. Par-
tagez votre pain avec celui de vos frères qui n'en
a pas. Unissez-vous par l'intelligence et pas l'a-
mour, afin que la force ne puisse plus vous séparer.

Mais préférez toujours la mort à l'avilissement,
et ne vous rendez pas les esclaves des hommes.

Ne croyez pas à ceux qui vous disent de vous
resiguer à l'injustice : une telle résignation est impie lorsqu'on peut ne pas s'y soumettre.

Mais je vous dis encore, résistez d'abord à la
corruption par des vertus, et, si vous voulez être

libres, commencez par vous affranchir de vos vices et de vos mauvais penchants.

Mangez pour apaiser votre faim et buvez pour vous désaltérer, mais ne soyez ni gloutons ni ivrognes. Aimez vos femmes d'un amour honnête et ne vous prostituez pas par la débauche.

Ainsi Dieu sera avec vous, et si vous souffrez il vous soulagera, et si l'on vous opprime il combattra avec vous et pour vous.

Cherchez surtout à vous instruire ; étudiez dans vos courts moments de loisirs les livres de ceux qui vous aiment : mais je sais que déjà vous le faites, et j'en remercie le ciel.

Croyez fermement qu'un jour vos souffrances se calmeront et que toutes vos peines seront allégées. Déjà l'Évangile est annoncé aux pauvres, déjà les pharisiens et les mauvais prêtres sont confondus et ont perdu votre confiance ; vous les laissez crier seuls comme des oiseaux de nuit dans leurs temples, et vous cherchez avec inquiétude d'autres pasteurs et d'autres guides : croyez qu'ils ne nous manqueront pas.

Je le crois, la société va renaître ainsi ne vous effrayez pas et ne vous découragez pas ; l'humanité ne peut mourir. Les jours de crise sont ses jours de salut.

Croyons à la venue prochaine du règne de Dieu,

croyons à la consommation de toute chose dans le bien suprême, et travaillons de tout notre cœur au bonheur de l'humanité.

Bientôt tous les peuples ne feront plus qu'un peuple, toutes les familles qu'une famille, tous les individus qu'un individu, qu'un seul corps animé d'un même esprit et d'un même amour. Prions et travaillons pour que l'intelligence et l'amour se répandent sur la terre! Car, jusqu'à présent, nou comprenons bien peu et nous aimons bien peu, et c'est pourquoi nos maux semblent sans remède, parce que nous ne travaillons pas ensemble à notre commun soulagement.

Oh! comprenons donc que nous ne sommes au monde que pour nous aimer les uns les autres, et que tout notre bonheur est dans ce mutuel amour!

Rougissons de nos petites divisions et de nos querelles d'enfant, sacrifions de bon cœur notre amour-propre à l'amour de l'humanité. Que sommes-nous sans elle? Nous lui devons tout, rendons lui tout. Aimons d'abord le bien suprême, la justice par essence, le beau selon la vérité; car cela seul ne passe pas, tandis que tout le reste disparaît et s'oublie. Ce qui n'est pas Dieu n'est pas, puisque Dieu seul existe. Ne laissons pas tomber nos pensées et notre cœur dans l'abîme sans fond du néant!

Pour moi qui vous parle, mes frères, ce n'est qu'au nom de la vérité suprême que j'ose élever la voix; je ne suis rien que par elle, et je ne veux être que pour elle. Je ne comprendrais pas qu'on pût s'irriter de ce que je dis, car je ne hais personne. Mais si je me trompe on doit me plaindre et m'instruire; si je dis vrai, on doit profiter de ce que je dis, comme je profiterais moi-même, de ce qu'on me dirait pour mon instruction et pour mon bien, avec la simplicité de cœur et la docilité d'un enfant.

Car, comme l'a dit le Christ, notre maître à tous, et je ne puis mieux finir que par cette parole du Verbe de vie : « Celui qui ne reçoit pas la doctrine du royaume de Dieu avec la simplicité d'un enfant, celui-là n'entrera jamais dans le royaume de mon père. »

ÉPILOGUE.

J'avais passé dans les tristes royaumes
Où la science égare ses fantômes ;
Mais, à marcher, fatigué tous les jours,
Au même point je revenais toujours,
Dans un lieu sombre et glacé d'épouvante
Où se taisait la nature vivante...
C'était un champ vaste, aride et désert
D'ossements secs et de débris couvert
Que dominait de sa tête plombée
Le vieux clocher d'une église tombée.
Là, sur un tas de crânes concassés
Et de lambeaux l'un sur l'autre amassés,
Était couchée une croix vermoulue :
L'inscription du funèbre écriteau
Qui s'effaçait sans avoir été lue
Semblait du Christ excuser le bourreau.

Sur cette croix , maigre, pâle et débile,
Était assis un grand corps immobile ;
Son front sanglant , voilé par ses cheveux,
Était pressé par ses dix doigts osseux ;
Ses coudes nus appuyaient leurs deux pointes
Aux angles nus de ses deux cuisses jointes.
Muet et morne il semblait grelotter
Et quelquefois gémir et sangloter.
Un grand linceul moisi de sépulture
Collait ses plis sur son dos incliné
Et blanchissait de ce mort consterné
La tumulaire et pleurante figure.
En m'approchant je vis dans ses deux mains
Et dans ses pieds des blessures livides,
Et son front ceint d'épines homicides
Me révéla le Sauveur des humains.
« Maître, lui dis-je, est-ce donc là ta place?
Pour tes bourreaux, toi qui demandais grâce,
De cette bouche encore teinte de fiel,
N'es-tu donc pas couronné dans le ciel?
« Non, » répond-il en secouant la tête,
Et d'un lugubre et sépulcral accent :
« J'ai vainement répandu tout mon sang,
En vain j'ai cru l'univers ma conquête.
Pour mon malheur, hélas ! ressuscité,
Depuis mille ans et huit siècles encore
J'ai parcouru, du couchant à l'aurore,
Cet univers par le crime habité. —
Partout, partout j'ai trouvé l'injustice,
Levant la tête et prompte à me braver,
Sacrifier ceux que j'ai cru sauver,

Et les brûler sur les autels du vice.

Partout, partout, dans ces siècles de fer,

J'ai vu le mal et j'ai trouvé l'enfer.

Mais dans le ciel, qu'en vain mon regard sonde,

J'ai de l'amour en vain cherché le feu;

Partout j'ai vu le malheur dans le monde,

Et nulle part je n'ai trouvé mon Dieu!... »

Moi, tristement : « Prends courage, ô mon Maître;

Tu dois mourir une seconde fois.

Couche-toi donc paisible sur ta croix,

Et plus heureux nous te verrons renaître.

Alors, suivi d'innombrables élus,

De ton sang pur, moisson riche et féconde :

« Il est un Dieu, » pourras-tu dire au monde,

« Puisque le mal et l'enfer ne sont plus ! »

Et la nature alors, nouveau Lazare,

A tes accents trompant la tombe avare

Et se levant pour te glorifier,

Te donnera ses mains à délier:

Tu la prendras alors pour fiancée.

Le saint amour, époux de la pensée,

Enfantera cet univers nouveau

Que doit régir la douceur de l'agneau.

Tu seras Dieu comme le peuple juste,

Et, réunis à ton banquet auguste,

Nous goûterons le pain de l'unité

Et le vin pur de la communauté,

Car tous les cœurs du nouveau phalanstère

Seront les grains de l'épi populaire;

Tous les travaux, unis dans ce beau jour,

Seront les grains du raisin de l'amour.

Mais, pour semer cette moisson nouvelle,
Il faut ouvrir une terre rebelle,
Et, pour planter la vigne du Seigneur,
Il faut baigner de sang et de sueur
La pierre aride et le marbre des tombes.
Nous creuserons encor les catacombes,
En attendant le jour, ô Dieu martyr !
Où comme toi nous pourrons en sortir
Pour contempler les campagnes dorées,
Et de Sion les maisons préparées
Et par ton souffle, ô mon Chef et mon Roi,
Tout le passé balayé devant toi !

FIN.

Comme on achevait l'impression de ce petit ouvrage nous avons lu la nouvelle brochure de M. de Lamennais, *Du Passé et de l'Avenir du Peuple*. Nous avons vu avec plaisir notre appréciation du christianisme confirmée par l'illustre écrivain dans le passage suivant:

« Partant de principes absolus, ils (les chrétiens) entrèrent d'abord dans un système de pratique non moins absolu. Ils conclurent de l'égalité à la communauté. » (Page 80.)

Mais nous avons vu avec douleur l'auteur des *Paroles d'un Croyant* obligé de renier le CHRIST pour défendre l'esprit de PROPRIÉTÉ. Il prétend que le christianisme s'est mépris!... Sublime vieillard!... Respectons un noble captif et pleurons sur un généreux ami du peuple!... L'abbé de Lamennais est mort: qu'il repose en paix! Il ne devrait plus être à Sainte-Pélagie : construisez-lui une cellule au Panthéon!

www.ingramcontent.com/pod-product-compliance
Ingram Content Group UK Ltd.
Pitfield, Milton Keynes, MK11 3LW, UK
UKHW020329130726
13696UKWH00003B/1236